Carlo Meier

Die Kaminski-Kids: Raub in der Nacht

Simon

Debora („Debi")

Raffaela („Raffi")

Loko

Suila

Manuel

Raul

Felipe

Liebe Leserinnen und Leser

Wie bei allen Fällen der Kaminski-Kids haben auch bei diesem neuen Band meine drei Kinder Sidi, Anuschka und Saskia tatkräftig mitgeholfen. Vielen Dank dafür! Bedanken möchte ich mich auch bei Simon und Sarah Hoehn (13 und 15 Jahre), Nora Baumgartner (10 Jahre), Ines Baumgartner und Christian Ringli für ihre wertvollen Anregungen, sowie bei meiner Frau Andi, ohne die dieses Buch nie möglich geworden wäre.
Mein Dank geht ebenfalls an André Widmer und Manuela Griffel (Kriminalpolizei), Simon Carrel (Pädagoge) sowie die Präventions- und Themenfachleute Titus Bürgisser und Renée Giger, die es mir durch ihre sachkundige Beratung ermöglichten, die Story der Wirklichkeit entsprechend zu gestalten.
Nicht zuletzt möchte ich mich auch bei meiner Lektorin Vera Hahn bedanken und bei meinem Lektor und Freund Christian Meyer, der seit Beginn der Kaminski-Kids in sämtlichen Bänden entscheidende Impulse eingebracht hat.

Viel Spaß wünscht Euch allen

Carlo Meier
fanclub@kaminski-kids.com

Die Kids im Internet:
Besucht die Kaminski-Kids auf **www.kaminski-kids.com** und schreibt Euch im Gästebuch ein, fordert den kostenlosen E-Mail-Infobrief mit spannenden News und Gewinnspielen an oder schaut nach, was die Kids über sich selbst erzählen! Auch für Erwachsene findet sich dort viel Wissenswertes rund um die Storys, über Schulprojekte, Lesungen und den Autor.

Carlo Meier

Die Kaminski-Kids: Raub in der Nacht

Mit Illustrationen von Lisa Gangwisch

fontis

MIX
Papier aus verantwortungsvollen Quellen
FSC® C014138

Bibliografische Information der Deutschen Bibliothek
Die Deutsche Bibliothek verzeichnet diese Publikation in der Deutschen Nationalbibliografie; detaillierte bibliografische Daten sind im Internet über http://dnb.ddb.de abrufbar.

Der Fontis-Verlag wird von 2021 bis 2024 vom Schweizer Bundesamt für Kultur unterstützt.

4. Taschenbuchauflage 2021

Umschlag und Illustrationen: Lisa Gangwisch, Basel
Typographie Umschlag: Michael Basler, Lörrach
Satz: InnoSet AG, Justin Messmer, Basel
Druck: Finidr
Gedruckt in der Tschechischen Republik

ISBN 978-3-03848-223-9

Inhalt

«Haltet das Auto auf!»

1

«Oh-oh!»

Aufgeregt deutete Raffi zur Tankanzeige. «Wir haben fast kein Benzin mehr!»

«Kein Problem», lächelte Silvia und machte den Blinker an. Ohne Umschweife steuerte die Haushälterin den alten VW-Kombi bei der nächsten Tankstelle ausgangs der Stadt vor eine der Zapfsäulen.

«Aber beeil dich bitte», drängte Simon. «Bald kommt doch dieser Junge zu uns – da wollen wir unbedingt dabei sein, wenn er zu Hause eintrifft!»

Raffi stieg ebenfalls aus. «Ich geh schnell in den Laden rein.»

«Warum denn?», fragte Debora erstaunt. «Wir waren doch gerade eben groß einkaufen.»

«Ja, schon, aber ...» Ungeduldig trat die Kleine von einem Bein aufs andere. «Ich muss Pipi.»

«Oh nein!» Simon verdrehte die Augen. «Muss das denn jedes Mal sein?»

«Dann kommen wir wohl besser mit rein, Raffi», meinte Debora lachend. «Sonst gehst du uns am Ende noch verloren!»

Simon schob sich hinter seiner Schwester aus dem Auto. Bevor er ganz rauskletterte, drehte er sich zu dem Collie um, der hinter der Rückbank saß und leise vor sich hin hechelte: «Zwockel, du bleibst kurz hier, Hunde dürfen da nicht rein.»

Damit wandte sich der Junge ab und folgte Raffi, die bereits zum Tankstellen-Shop hinüberrannte.

Die Luft unter dem Vordach roch nach Benzin und Motorenöl und flimmerte in der Hitze dieses brütend heißen Mittwochnachmittages Ende August.

Drinnen im gekühlten Shop verschwand Raffi schnurstracks zu den Toiletten. Debora blätterte am Zeitschriftenstand in einem Pferdemagazin, und Simon sah sich am Musik-Regal nach brauchbaren CDs um, während Silvia draußen tankte.

Auf der gegenüberliegenden Straßenseite stand ein paar hundert Meter stadteinwärts ein schmuckloses graues Gebäude. Die Aufschrift FÜRSORGEAMT/JUGENDAMT prangte auf dem Messingschild neben der schweren Holztür, die in diesem Moment aufging.

Ein blonder Mann um die vierzig trat heraus.

Ihm folgte ein gutaussehender Junge, der etwas älter als Simon war und dichte schwarze Locken hatte. Er trug ein weißes, enges T-Shirt, das seine braune Haut gut zur Geltung brachte, dazu Jeans mit coolem Gürtel und weiße Turnschuhe. Seine Klamotten machten sich ausgezeichnet an seinem sportlichen, wendigen Körper.

Der Junge ging mit dem Mann auf einen roten Fiat zu, der am Straßenrand geparkt war.

«Schade, dass dein Vater nicht kommen konnte, Manuel», sagte der Mann.

Manuel zuckte nur die Schultern. «Ist es weit bis dorthin?»

«Nein, ein Dorf ziemlich in der Nähe.» Er schaute den Jungen an, während er das Auto aufschloss. «Du weißt, das ist jetzt deine letzte Chance. Es liegt alleine an dir, sie zu packen.»

Teilnahmslos stieg Manuel ein. Nach einem Blick zu seinem Koffer, der auf dem Rücksitz lag, sagte der Junge: «Ich muss noch rasch was zu trinken kaufen da vorne an der Tankstelle, ich habe Durst.»

«Okay.» Der Mann ließ den Motor an und gab Gas.

Als der rote Fiat losfuhr, lösten sich aus dem Schatten eines Hauseingangs in der Nähe zwei junge Männer. Trotz der Hitze hatten sie dünne Baumwollmützen auf. Unter den hellgrauen Käppchen mit dem Aufdruck eines kleinen, rechteckigen Zeichens in Blau-Rot-Weiß schauten dunkle Haarsträhnen hervor.

Die beiden beobachteten das wegfahrende Auto.

«Wie können wir ihm jetzt folgen, wenn er mit einem Wagen davongondelt, Raul?», fragte der Jüngere und hob seine Sonnenbrille.

«Hast recht, wir brauchen auch eine Karre, Felipe!» Raul strich sich über sein Kinnbärtchen und ließ dabei den Wagen mit dem Mann und dem Jungen nicht aus den Augen.

Eben hielt der rote Fiat vorne bei der Tankstelle an. Manuel stieg aus und ging in den Shop, während der blonde Mann am Steuer sitzenblieb.

«Los», rief Raul, «Beeilung!»

Die zwei Beobachter rannten über die Straße und eilten drüben den Gehsteig entlang zur Tankstelle.

Dort sahen sie sich unter dem Vordach bei den Zapfsäulen aufmerksam um.

Dabei fiel ihr Blick auf Silvia, die gerade den Tankdeckel ihres Kombis zuschraubte und zum Laden hinüberging, um zu zahlen.

Die beiden jungen Männer huschten zu Silvias Wagen und linsten durchs Fahrerfenster hinein. Unterhalb des Lenkrads steckte der Schlüssel im Zündschloss.

Raul hob den Kopf und ließ seinen Blick prüfend rundum schweifen.

Niemand schaute her. Keiner beachtete sie.

Mit einer schnellen Bewegung griff er oben in sein T-Shirt, führte den Anhänger seines Halskettchens an die Lippen und küsste ihn, bevor er die Autotür öffnete.

Felipe tat es ihm gleich. Dann ließ er sich auf den Beifahrersitz fallen und senkte seine Sonnenbrille wieder auf die Nase hinab.

Über Rauls Gesicht strich ein Lächeln, als er den Zündschlüssel drehte.

Im Tankstellen-Shop warf der gutaussehende Junge an der Kasse einen Kontrollblick durchs Schaufenster

zu seinem Begleiter draußen im roten Auto. Der blonde Mann am Steuer sah gerade nicht her. Deshalb nahm Manuel rasch den Gegenstand von der Theke, den er sich eben gekauft hatte – kein Getränk, sondern eine Schachtel Zigaretten. Zufrieden schlenderte er damit Richtung Ausgang.

Dabei fiel ihm das Mädchen am Zeitschriftenstand auf. Interessiert blieb er stehen und musterte Debora aufmerksam – er hatte ein Auge für hübsche Mädchen …

Am anderen Ende des Ladens trat Raffi aus dem Klo und hüpfte beschwingt zu Silvia, die eben am Zahlen war.

Plötzlich hielt die Kleine jedoch an und zeigte nach draußen. «He, da fährt ja unser Auto weg!»

Erschrocken wandten die anderen sich um und konnten eben noch sehen, wie Silvias Kombi auf die Straße einbog.

Sofort rannten die Kids zur Tür. Dort stand ihnen allerdings Manuel im Weg.

«Achtung, zur Seite!», rief Simon, doch als er sich an dem schwarzlockigen Jungen vorbeidrängen wollte, wurde Manuel gegen ein Gestell geschubst. Kaugummis und Schokoriegel rappelten zu Boden.

«Hey, sachte, sachte!», fauchte Manuel gereizt. «Nur nicht so hektisch hier!»

«Lass mich durch! Wir müssen raus!»

«Was soll der Stress?»

Simon hatte keine Zeit für lange Erklärungen. Entschlossen wand er sich an dem Jungen vorbei, und seine Schwestern folgten ihm.

Draußen schauten die drei Kaminski-Kids dem Kombi auf der Straße hinterher. Vorne drin waren zwei Gestalten mit hellen Mützen zu erkennen, und durch die Rückscheibe sah Zwockel jaulend zu ihnen heraus.

TANK
147
AUTOMAT

Rasch nahmen die Kids die Verfolgung auf und rannten quer über das Tankstellen-Gelände.

Sie waren schnell, doch sie hatten keine Chance – das Auto hängte sie locker ab.

«Zwockel!», rief Raffi geschockt.

Aus dem Shop kamen Kunden und die Kassiererin, und alle starrten dem Wagen nach.

Verzweifelt schrie Raffi: «Zwockel wird entführt! So haltet doch das Auto auf!»

«Der ist so gut wie weg», meinte ein Kunde. «Das gibt's ja nicht!»

In dem Moment bemerkten die Kids, dass der Kombi an der nächsten Kreuzung in der Kolonne vor einer roten Ampel anhalten musste.

Und schon stürmten sie wieder los, in vollem Tempo den Gehsteig entlang.

Bruchlandung im Straßengraben

2

Zwockel bellte im Kombi hinten drin wie wild.

«Bring den Köter zum Schweigen!», rief Raul am Steuer seinem Beifahrer zu. «Wir biegen bei der nächsten Straße rechts rein und warten, bis Manuel in dem roten Fiat vorbeifährt – und dann folgen wir ihm!»

«Wenn ich gesehen hätte, dass da so ein Kläffer drin ist, hätten wir bestimmt nicht diese Karre genommen!» Genervt drehte Felipe sich um und brüllte den Collie an: «Jetzt halt endlich mal die Schnauze!»

Doch Zwockel dachte nicht daran. Stattdessen quetschte er sich zwischen den hinteren Kopfstützen hindurch vom Laderaum nach vorn auf die Rückbank und knurrte von da aus den Beifahrer zähnefletschend an.

«Schnauze!», wiederholte Felipe.

Das brachte überhaupt nichts. Im Gegenteil.

Als der Wagen bei Grün wieder losfahren konnte, schnappte Zwockel nach Felipe und kriegte ihn am Arm zu fassen. Verzweifelt versuchte der junge Mann den Hund abzuschütteln, bedrängte dabei aber den Fahrer.

Das Auto geriet ins Schlingern. Nach den letzten Stadthäusern schrammte es bedrohlich nahe an einem Kartoffelacker entlang.

«Raul!» Panisch zerrte Felipe an dem Ärmel zwischen Zwockels Zähnen. «So hilf mir doch!»

Raul langte mit einer Hand hinüber, um Zwockels Halsband zu erwischen, doch der Collie wich ihm aus und griff nun ihn selbst an.

In voller Fahrt versuchte Raul, den Hund abzuwehren und gleichzeitig den Wagen zu steuern. Dabei geriet das Auto endgültig außer Kontrolle und schleuderte auf die Gegenfahrbahn.

«Pass auf, Raul!» Mit angstgeweiteten Augen starrte Felipe nach vorne auf die Straße.

Ein Lastwagen kam genau auf sie zu. Das riesige Gefährt hupte und blendete drohend die Scheinwerfer auf. Donnernd nahte das blinkende Ungetüm, Bremsen kreischten, nun fehlten nur noch ein paar Meter …

Im letzten Moment riss Raul das Lenkrad herum.

Mit einem heftigen Ruck wurde Zwockel zur Seite geworfen und durch das Wageninnere geschleudert.

Die Reifen des Kombis quietschten ohrenbetäubend, seitlich donnerte der Lastwagen haarscharf an ihnen vorbei, und sie schlitterten von der Straße.

Dort landeten sie am Rand des Kartoffelfelds und blieben holpernd stehen.

Eine unheimliche Stille breitete sich aus.

Zwockel lag reglos auf dem Rücksitz.

Felipe fasste sich als Erster. «Los, Raul, gib Gas!»

Der Motor heulte auf, doch die Räder drehten durch. «Mist, ich krieg die Karre nicht mehr raus!»

«Dann nichts wie weg hier!»

Die beiden jungen Männer rissen die Türen auf und flüchteten zu Fuß quer über den Acker.

Den Collie ließen sie einfach liegen.

Als die Kaminski-Kids keuchend beim Kombi ankamen, sahen sie gerade noch zwei Gestalten am Ende des Kartoffelfelds im nahen Wald verschwinden.

«Zwecklos, sie zu verfolgen», schnaufte Simon. «Ihr Vorsprung ist zu groß. Habt ihr gesehen, wer's war?»

Debora stützte schwer atmend die Hände auf ihre Knie. «Nicht wirklich … Ich glaube, sie waren ziemlich jung, und sie trugen so helle Mützen – aber mehr konnte ich auch nicht erkennen.»

«Zwockel!», schrie Raffi plötzlich.

Bleich riss sie die hintere Tür des Kombis auf und starrte den Hund an.

Zwockel lag mit schlaffen Gliedern auf der Rückbank.

Er rührte sich nicht. Seine Zunge hing seitlich aus der Schnauze. Ein Auge war halb geöffnet und schaute ins Leere.

«Zwockel», presste Raffi mit erstickter Stimme hervor. «Du bist doch nicht etwa … Wach wieder auf! Bitte wach wieder auf!»

Sie warf sich in den Wagen und schlang die Arme um den Collie. «Zwockel! Bitte, bitte wach wieder auf!»

Aber es nützte nichts.

Der Hund machte keine Bewegung.

Es sah ganz so aus, als wären die Kids zu spät gekommen.

Raffi begann zu schluchzen.

Tröstend legte ihr Debora die Hand auf den Rücken.

«Nicht weinen, Raffi», versuchte sie die Kleine zu beruhigen. Doch es klang nicht sehr überzeugend ...

Auf einmal ertönte im Wageninnern ein leises Wimmern. Ein schwaches Winseln, so leise, dass es fast nicht hörbar war.

«Was war das?» Angespannt betrachteten die Kids den Collie.

Zuerst geschah nichts. Dann, nach einer Weile, tat sich was.

Zwockel öffnete die Augen. Langsam, ganz langsam kam er zu sich.

Endlich!

Zaghaft hob der Hund den Kopf und schüttelte das Fell, als wäre er gerade aus dem Wasser gestiegen.

Und dann schlabberte er gleich als Erstes Raffi übers ganze Gesicht.

Obwohl sie das sonst gar nicht mochte, ließ sie es diesmal gerne geschehen. «Zwockel!», strahlte sie überglücklich. «Lieber, lieber Zwockel!»

«Hoffentlich ist nichts gebrochen», murmelte Simon.

Wie zur Antwort richtete sich der Hund auf, sprang aus dem Wagen und guckte die Kinder abwartend an.

«Da scheint ja alles in Ordnung zu sein», seufzte Simon erleichtert.

Und Debora wischte sich verstohlen eine Freudenträne aus dem Auge.

Die Kids umringten den Collie und knuddelten ihn stürmisch.

Nachdem er das ausgiebig genossen hatte, hopste er in den Wagen zurück und steckte den Kopf hinten unter den Beifahrersitz.

Als er wieder herauskam, hatte Zwockel einen Gegenstand zwischen den Zähnen.

Eine dünne hellgraue Strickmütze mit einem kleinen bunten Aufdruck, der aussah wie ein Landeswappen.

«Die ist bestimmt von einem der Diebe!», stieß Debora hervor.

«Super, Zwockel», lobte Simon. «Das hast du toll gemacht!»

Er nahm das Käppchen und schaute es sich genauer an. «Damit haben wir schon mal eine wichtige Spur.»

Debora nickte. «Scheint eine recht seltene Mütze mit diesem Aufdruck zu sein – vielleicht können wir die Täter dadurch finden!»

«Genau!» Raffi rieb sich die Hände. Sie war schon jetzt aufgeregt.

Simons Lächeln verging jedoch rasch wieder. «Hätte uns dieser Typ im Shop vorhin nicht den Weg versperrt, dann hätten wir die Diebe vielleicht gerade noch erwischt!»

«Mannomann», lächelte Silvia, während sie am Kartoffelfeld entlang näher kam. «Bei der Tankstelle staunten wir alle nicht schlecht, als wir sahen, dass ihr den

Wagen noch erwischt habt! Ich hätte selbst nie gedacht, dass ihr das schafft!»

«Eigentlich», meinte Debora, «waren's auch nicht *wir*, die das geschafft haben.» Stolz wies sie auf den Collie. «Das muss Zwockel gewesen sein. Ohne ihn wär das Auto sicher weg – die Diebe sind ja bestimmt nicht von selbst in den Straßengraben gefahren.»

«Tja», grinste Raffi, «mit Zwockel sollte man sich eben nicht anlegen!»

«Genau!» Anerkennend klopfte Silvia dem Collie auf den Rücken. «Guter Hund! Damit hast du dir eine Riesenpackung Kräcker verdient. Eine Familienpackung!»

Zwockel wedelte freudig mit dem Schwanz und guckte sie erwartungsvoll an.

Schmunzelnd setzte sich die Haushälterin ans Steuer ihres Wagens. Sie versuchte, den Motor anzulassen, doch unter der Kühlerhaube ertönte bloß ein tiefes Grummeln.

Beim zweiten Versuch brummte und keuchte es heiser. Das klang nicht gut.

Doch dann sprang der Motor stotternd an.

«Cool!», riefen die Kids, während Silvia Gas gab.

Das Auto bewegte sich allerdings nicht von der Stelle. Die Räder drehten durch und spritzten Erdbrocken nach hinten.

«Anschieben!», rief Simon. «Vielleicht kriegen wir ihn so raus.»

«Okay, versuchen wir's mal.»

Die Kids gingen zum Heck des Kombis und drückten sich mit ihrem Gewicht dagegen.

Es gab einen Ruck ... Und mit vereinten Kräften brachten sie das Auto tatsächlich auf den Seitenstreifen neben der Straße zurück.

Dort bremste Silvia gleich wieder ab und zog die Handbremse an. «Gut gemacht, Kinder!»

Den Motor ließ sie vorsichtshalber laufen, als sie ausstieg und den Kombi von allen Seiten betrachtete.

«Auf den ersten Blick scheint nichts kaputtgegangen zu sein», meinte sie und musterte dann das Kartoffelfeld. «Auch kein Landschaden im Acker, nur am Rand des Feldes ein paar Furchen, die werden den Besitzer wohl nicht weiter stören ... Zur Sicherheit sollten wir vielleicht trotzdem die Polizei rufen ...»

«Das wird aber dauern», wandte Simon ein. «Und dann ist der Junge längst bei uns zu Hause eingetroffen, und wir waren nicht dabei.»

«Oooch!», seufzte Raffi.

Die Haushaltshilfe legte den Finger an die Lippen und überlegte.

«In Ordnung», sagte sie nach einer Weile. «Wenn sich am Wagen später ein Schaden rausstellen sollte, können wir die Polizei immer noch benachrichtigen. Ich sage nur noch rasch bei der Tankstelle Bescheid, dass wir vorläufig nichts unternehmen, und hinterlasse unsere Adresse, falls der Landbesitzer wegen der Erdfurchen doch was will. Und dann kann's gleich losgehen.»

«Ja Pingu!» Grinsend warf sich Raffi auf den Rücksitz. «Na, dann mal nichts wie weg hier, Leute!»

Täterfotos

3

Als die Kids etwas später in Silvias Kombi auf dem Kaminski-Hof vorfuhren, stand bereits ein roter Fiat vor dem Haus.

«Ob der Junge nun doch schon da ist?»

Gespannt eilten sie die Vortreppe hoch und traten ein.

Im Wohnzimmer saßen ihre Eltern am Tisch einem blonden Mann gegenüber, und am Fenster saß ihr fast blinder Opa in seinem Lieblingslehnstuhl.

Die Kids hatten allerdings nur Augen für den gutaussehenden braunhäutigen Jungen mit den schwarzen Locken am Tisch, neben dem ein Koffer auf dem Fußboden stand.

«Das ist doch der von der Tankstelle!», platzte Raffi heraus.

Der Junge war ebenfalls überrascht. «Ihr seid das?» Über sein Gesicht huschte ein scheues Lächeln, das ihm einen unwiderstehlichen Ausdruck verlieh. Sein Blick blieb etwas länger als nötig auf Debora haften. An seiner linken Hand fiel ihr ein silberner Freundschaftsring auf.

Vater erhob sich und stellte die Anwesenden einander vor. Mit Blick auf den blonden Mann erklärte er: «Herr Jansen ist Sozialpädagoge und im Auftrag des Jugendamtes für Manuel zuständig. Und das hier ist Manuel!»

Die Kids gaben beiden die Hand. Dann zogen sie sich aufs Sofa zurück, um das Gespräch nicht weiter zu stören.

«Wie gesagt», stieg der Sozialpädagoge wieder ein, «wir sind sehr froh, dass Sie Manuel so kurzfristig für eine SOS-Zwischenlösung aufnehmen können, für höchstens drei Monate, bis ein neuer Platz für ihn gefunden ist.»

«Das ist schon okay», lächelte Frau Kaminski. «Dafür haben wir ja die Kurse gemacht und den Dachboden ausgebaut, falls es mal einen solchen Notfall geben sollte.»

Jansen nahm einen Schluck Kaffee und wandte sich dann an Manuel. «Wie besprochen, versuchen wir zwei gemeinsam eine Lehrstelle für dich zu finden und eine feste Bleibe, wo du dann wohnen kannst. Das gehen wir gleich morgen an: Ich hole dich ab, und wir besuchen zusammen einige Betriebe, Wohn- und Ausbildungsstätten – ich hab ein paar Termine vereinbart.»

Manuel schaute teilnahmslos in eine Ecke und kaute auf seinem Kaugummi herum.

Der Mann klopfte ihm aufmunternd auf den Arm. «Zunächst kannst du dich jetzt aber erst mal ein bisschen hier einleben und den Alltag kennenlernen.»

Auffordernd nickte er Herrn Kaminski zu. «Würden Sie bitte den Tagesablauf und die Hausregeln kurz erläutern?»

Vater räusperte sich und sah Manuel freundlich an. «Dein Zimmer ist nagelneu und gemütlich im frisch ausgebauten Dachgeschoss. Du hast ein eigenes Klo mit Dusche und einen eigenen Telefon-Festnetzanschluss. Wir würden uns freuen, wenn du am Familienleben teilnimmst und auch mal hier unten mit uns gemeinsam ein Spiel oder sonst was machst. Dein Arbeitsprogramm leistest du in unserer Blumenhandlung, täglich sechs Stunden …»

Manuel verdrehte die Augen. Das war seine erste Regung.

«… außer am Wochenende», fuhr Vater unbeirrt fort. «Zudem erwarten wir deine Mitarbeit im Haushalt im gleichen Maß, wie unsere Kinder mithelfen: Tisch abräumen, Geschirr spülen und abtrocknen, den Boden wischen, solche Sachen …»

«Und zusätzlich», schaltete der Sozialpädagoge sich ein, «hast du zwei Stunden Schule am Tag. Einmal wöchentlich kommt ein Lehrer unserer SOS-Organisation vorbei. Er bringt dir die neuen Aufgaben und holt die erledigten ab. Dazu wirst du unter der Woche auch via Internet Aufgaben lösen. Bist du so weit mit allem einverstanden?»

«Spielt's eine Rolle?», murmelte Manuel, ohne jemanden anzuschauen. «Ich muss eh machen, was ihr sagt.» Er holte seine Zigaretten heraus.

«Im ganzen Gebäude ist das Rauchen verboten», erklärte Mutter. «Dies ist ein altes Holzhaus, da kann schnell ein Brand entstehen. Bitte geh zum Rauchen nach draußen.»

«Okay.» Manuel stand auf und nahm sein Feuerzeug hervor.

Jansen hielt ihn am Arm zurück. «Die Kippe kannst du dir auch später noch anzünden.» Zu den Kaminskis meinte er: «Ich würde vorschlagen, dass Sie jetzt gleich mit Manuel zusammen die konkreten Verhaltensregeln im Haus festlegen.»

Mutter und Vater sahen sich an.

Dann richtete sich Herr Kaminski auf und begann: «Wir erwarten, dass du an den Mahlzeiten teilnimmst, und zwar pünktlich. Frühstück ist um sieben …»

«Wie bitte?» Der Junge ließ sich stöhnend auf den Stuhl zurückfallen. «Um sieben? Das ist ja mitten in der Nacht!»

Zum ersten Mal meldete sich nun Opa. «Aber, aber, junger Mann, Morgenstund hat doch Gold im Mund!»

Manuel verdrehte erneut die Augen. «Nicht bei mir. Zu dieser Zeit bringe ich keinen Bissen runter. Überhaupt, ich brauch kein Frühstück, hab mein Leben lang keins gebraucht. Ihr könnt mich nicht zum Essen zwingen.»

«Das tun wir auch nicht.» Mutter lächelte den Jungen an. «Du brauchst nicht zu frühstücken, wenn du nicht magst, du setzt dich einfach zu uns an den Tisch.» Schmunzelnd fügte sie hinzu: «Aber bisher hat noch niemand dem Original-Kaminski-Hausbrot widerstanden. Jedenfalls nicht auf längere Zeit.»

Gelangweilt verzog Manuel die Lippen und blies Luft aus, so als hätte er noch was Besseres zu tun.

Vater wandte sich nach einem kurzen Blick zu Mutter wieder an den Jungen. «Abends hast du von sieben bis neun Uhr zur freien Verfügung ...»

Nun verlor Manuel endgültig die Beherrschung. «Was, zwei lausige Stunden?», fuhr er auf. «Das ist ja wie im Gefängnis!»

«Na, na», warf Sozialpädagoge Jansen ein, «immer noch besser als im geschlossenen Jugendheim, oder?»

Der Junge warf ihm einen giftigen Blick zu.

«Am Wochenende darf es auch mal etwas länger sein», lenkte Mutter ein. «Je nachdem, wie die Woche gelaufen ist und wie gut du dich an die Regeln gehalten hast, gibt's dann eine oder zwei Stunden mehr.»

«Woa», murrte Manuel abschätzig. «Vielen Dank, sehr großzügig.»

«Tja ...» Vater und Mutter waren ein wenig verwirrt über Manuels schroffes Verhalten.

Jansen fasste den Jungen scharf ins Auge. «An ein bisschen Freundlichkeit ist noch niemand gestorben, richtig? Dir ist doch hoffentlich klar, dass die Regeln strikt einzuhalten sind, oder?»

«Und wenn nicht?»

«Dann ergeben sich eben Folgen draus. Freizeit am Abend gestrichen, Taschengeld gekürzt, Handy weg ... Du weißt, das hier ist deine letzte Chance. Deine allerletzte.»

Da wurde Manuel ganz still. In sich gekehrt richtete er seinen Blick ins Nirgendwo und brütete verschlossen vor sich hin.

Nachdem der Sozialpädagoge den Kaminski-Hof verlassen hatte, stieg Manuel hinauf in sein Zimmer, um seinen Koffer auszupacken.

Die Kids erzählten den Eltern brühwarm, was vorhin an der Tankstelle geschehen war.

«Und der Typ da oben unter unserem Dach gehört mit dazu», schloss Simon. «Der wollte uns aufhalten, damit die Diebe entwischen konnten!»

«Es könnte aber auch Zufall gewesen sein, Simon», wandte Debora ein. «Oder hast du etwa noch nie jemandem im Weg gestanden, ohne es zu wollen?»

«Das denke ich auch», meinte Mutter. «Bloß weil Manuel zur selben Zeit da war, heißt das noch lange nicht, dass er mit denen unter einer Decke steckt.»

Vater nickte. «Seltsam ist bloß – neulich ist schon mal was an einer Tankstelle in der Stadt passiert, an einer BP am anderen Ortsende. Das häuft sich ja in letzter Zeit richtiggehend.»

«Ach ja?» Simon wurde hellhörig. «Merkwürdiger Zufall …»

«So», sagte Mutter, «und jetzt ist es Zeit für eure Hausaufgaben.»

«Oooch!», stöhnte Raffi.

«Na, na», wiegelte Frau Kaminski ab. «Es gibt ohnehin bald Abendbrot.»

Simon gab seinen Schwestern ein Zeichen.

Am Ende des Flurs wartete er auf sie und murmelte: «Kommt mal mit rauf, ich hab eine Idee.»

Debora und Raffi folgten ihm die Treppe hoch ins erste Stockwerk, wo ihre Zimmer lagen – das von Simon auf der rechten Seite neben dem der Haushälterin Silvia, und das der beiden Mädchen direkt gegenüber.

In der breiten Diele dazwischen stand der Computer, den sich die Kids teilten.

«Was hast du denn vor?», wollte Debora wissen, während Simon das Internetprogramm startete.

«Vielleicht ist an dieser BP-Tankstelle neulich auch ein Auto geklaut worden und das waren dieselben Diebe! Lasst uns die Sache mal genauer unter die Lupe nehmen.»

«Gute Idee!», fand Raffi.

Simon klickte das News-Portal an und gab bei SUCHE den Namen der Tankstelle und des Ortes ein.

Nach wenigen Sekunden füllte eine Pressemeldung den Bildschirm. Neben ein paar Fotos war auch ein Zeugenaufruf dabei: WER KANN ANGABEN ZU DIESEN GESUCHTEN PERSONEN MACHEN? BITTE MELDEN SIE SICH BEI DER NÄCHSTEN POLIZEIDIENSTSTELLE.

Die Fotos zeigten zwei vermummte Täter im BP-Shop, einmal von schräg oben über der Kasse geschossen, einmal von vorne und einmal draußen neben den Zapfsäulen von hinten.

Bei den Aufnahmen handelte es sich offensichtlich um Standbilder aus den Überwachungskameras der Tankstelle. Alle Bilder waren leicht unscharf und enthielten unten links eine grünliche Schrift mit dem Datum und der Zeit: 20.47 Uhr.

«Das ist ja ein Ding!» Simon klickte die Fotos zum Vergrößern an.

Die Kids beugten sich vor und betrachteten die Aufnahmen aufmerksam, eine nach der anderen.

Die beiden Täter trugen dünne Pullis mit hochgeschlagenen, tief ins Gesicht gezogenen Kapuzen und hatten dunkle Augen. Bei einem von ihnen war ein Kinnbärtchen zu erkennen. Er stand an der Kasse, während der zweite in drohender Haltung hinter die Theke zur Kassiererin trat. Im nächsten Bild schlug dieser der Frau ins Gesicht, wobei seine Kapuze nach hinten rutschte und eine helle Mütze zum Vorschein kam. Die Verkäuferin stürzte zu Boden, Blut lief aus ihrer Nase. Der andere Täter mit dem Kinnbärtchen beugte sich über den Tresen und griff nach den Geldbündeln in der Kasse.

Die Kids waren wie gebannt von den Bildern.

Eine Weile war es völlig still in der Diele. Nur das Ticken des Sicherungskastens an der Wand war zu hören.

Dann lehnte sich Simon zurück. «Ganz schön gefährlich ... Aber die beiden haben kein Auto geklaut, sondern Geld.»

«Könnten es trotzdem dieselben sein?», fragte Raffi.

Debora hob die Schultern. «Schwer zu sagen, weil wir die Typen in Silvias Auto ja nicht richtig gesehen haben.»

«Aber ... fällt euch auch was auf?» Simon blickte seine Schwestern ernst an.

«Was denn?»

«Einer der Typen auf den Bildern hier sieht irgendwie

ähnlich aus wie Manuel! Der da ohne Kinnbärtchen, der die Frau niederschlägt.»

Debora schaute ihren Bruder bestürzt an. «Du meinst doch nicht etwa …»

«Kinder!», rief Mutter in diesem Moment von unten herauf. «Essen ist fertig!»

«Lasst uns nachher darüber sprechen», meinte Raffi und eilte los.

Die anderen folgten ihr ins Erdgeschoss hinab.

Da knarrte die Treppe von oben.

Manuel kam aus seinem Dachzimmer herunter. Er hatte eine dünne, hellgraue Baumwollmütze auf.

Als er schon am Computer vorbei war, kehrte er noch mal um und starrte die Fotos auf dem Bildschirm an.

Rasch griff er zur Maus und klickte die Seite weg.

Dann zog er hastig das Käppchen ab, rannte auf sein Zimmer zurück und warf die Mütze aufs Bett. Sie trug den kleinen Aufdruck eines Landeswappens: zwei blaue und zwei rote Rechtecke, unterteilt durch ein weißes Kreuz in der Mitte.

Die verdächtige Mütze

4

Die ganze Familie Kaminski war bereits am Esstisch in der Küche versammelt, als Manuel hereinkam und sich auf den freien Stuhl neben Simon setzte.

«Es gibt Pizza Hawaii», eröffnete Mutter. «Raffis Leibspeise – wir dachten, das magst du bestimmt auch gerne, Manuel.»

Ohne zu antworten, griff der Junge zum Besteck, schnitt sich ein Stück von seiner Pizza ab und biss hinein.

«Einen Augenblick», sagte Vater. «Wir singen vor dem Essen ein Tischlied und danken für die Speisen. Und ... wir schätzen es, wenn alle pünktlich zu Tisch kommen, wenn man sie ruft.»

Manuel sog geräuschvoll Luft ein und verdrehte wieder mal die Augen, beherrschte sich dann aber.

Alle gaben sich die Hände, so dass die Familie einen Kreis schloss – von den Kids zu Vater, der am Tischende saß, und von ihm über Opa und Mutter wieder zu den Kids. Nur bei Manuel blieb eine Lücke offen. Er weigerte sich, die Hände zu heben, und blickte schweigend vor sich nieder.

«Für Speis und Trank, fürs täglich' Brot ...» Bloß mit halber Kraft sangen die Kids diesmal beim Dankeslied mit. Ihnen war es irgendwie ganz schön peinlich mit dem fremden Jungen am Tisch, der selber stumm blieb. «... wir danken dir, oh Gott.»

«Guten Appetit!», wünschte Vater und begann, Opas Pizza in mundgerechte Teile zu zerschneiden.

Alle fingen an zu essen, und es wurde still im Raum. Niemand mochte sprechen.

Irgendwann fiel Debora auf, dass Manuel sie musterte. Als sie ihn ansah, ließ er sein unwiderstehliches Lächeln aufblitzen, und sie senkte rasch den Blick.

Simon deutete auf Manuels T-Shirt und fragte, um das lange Schweigen zu brechen: «Was ist denn das für ein Land da drauf?» Das Bild zeigte einen Strand mit Palmen und eine kleine Landesflagge in Blau-Rot mit weißem Kreuz.

«Das ist von meiner Heimat», antwortete der Junge. «Santo Domingo. In der Dominikanischen Republik.»

«Was?», mampfte die Kleine mit vollem Mund. «Santa Domino?»

«Nicht schmatzen, Raffi!», rügte Debora gespielt vorwurfsvoll, um Mutters Tadel zuvorzukommen, der mit hundertprozentiger Sicherheit gekommen wäre.

«Nein, sicher nicht Domino», schmunzelte Manuel. «Domin*go.*»

Die Kleine guckte den Jungen fragend an. «Und? Wo ist das? Ich hab keinen Weltatlas verschluckt, nun erzähl schon!»

«Das liegt auf einer wunderschönen Insel aus lauter Palmen und weißem Sand», erklärte Manuel. «In ‹Latino-América› …» Ein schwärmerischer Ausdruck trat in seine Augen. «Mitten im Meer zwischen Nord- und Südamerika, die Perle der Karibik. Der schönste Ort der Welt …»

«Und dort bist du aufgewachsen?», wollte Debora jetzt wissen.

«Nein.» Manuel senkte den Kopf und widmete sich

wieder seiner Pizza. Nach einigen Bissen trank er einen Schluck Wasser und aß danach weiter. Es sah nicht so aus, als würde er noch mal was sagen.

Ein wenig verwirrt darüber stupste Simon ihn aufmunternd an. «Hey, muss man dir eigentlich jeden Satz einzeln aus der Nase ziehen?»

«Wieso?» Manuel blickte auf. «Nein, ich bin nicht dort aufgewachsen, sondern hier im Land. Genügt das?» Er legte das Besteck auf den Tisch und wischte sich mit der Serviette den Mund ab. «Vorhin hab ich in Santo Domingo angerufen, weil ich mit meiner Mutter sprechen wollte.»

«Ach ja?», hakte Vater ein. «Das find ich aber schön.»

«Sie war nicht da. Ich versuch's nachher noch mal. Ich werde ab jetzt jeden Abend mit eurem Telefon dort anrufen. Mit dem Handy ist es viel zu teuer.»

«Sie fehlt dir wohl sehr», murmelte Opa mitfühlend. «Ohne Mutter aufwachsen zu müssen, ist bestimmt nicht einfach.»

Manuel zuckte mit den Schultern, was der beinahe blinde alte Mann freilich nicht sehen konnte.

«Du darfst gerne über den Festnetzapparat in deinem Zimmer dahin anrufen», sagte Vater wohlwollend. «Wir können die Kosten dann einmal monatlich zusammennehmen und von deinem Taschengeld abziehen.»

Betroffen hob Manuel den Kopf. «Aber reicht das denn überhaupt? Muss ich mein ganzes Taschengeld dafür geben?»

Vater schaute Mutter kurz an.

«Machen wir es so», schlug Frau Kaminski vor. «Du darfst zweimal pro Woche ein Ferngespräch auf unsere Kosten dahin führen. Sagen wir, jeweils eine Viertelstunde.» Und lächelnd fügte sie hinzu: «Weil du deine Mutter so liebst.»

«Und was ist denn eigentlich mit deinem Vater?», fragte Debora.

Der Junge runzelte die Stirn. «Vater? Was für ein Vater?»

«Oh …», sagte Raffi. «Lebt er etwa nicht mehr?»

Wieder zuckte Manuel die Schultern. «Irgendwo wird er sicher leben, nehme ich an. Nur spiele ich in diesem Leben keine Rolle.»

Debora sah den Jungen mitfühlend an. Das musste ja echt hart sein – die Mutter so weit weg, und der Vater wollte nichts von ihm wissen …

Manuel rutschte mit dem Stuhl nach hinten und stand auf. «Kann ich jetzt gehen?»

Die Eltern warfen sich einen fragenden Blick zu.

Dann meinte Mutter: «Nein, ihr Kinder erledigt erst gemeinsam den Abwasch. Da habt ihr gleich ein bisschen Zeit, um euch kennenzulernen. Wir müssen noch im Laden arbeiten, und Opa hört sich wie jeden Abend die Nachrichten im Radio an.»

Kaum waren alle weg, machten sich die Kids an die Küchenarbeit.

Debora spülte, Simon und Raffi trockneten ab.

Weil Manuel bloß untätig in der Ecke stand, gab Simon ihm auch ein Geschirrtuch und sagte zu Raffi: «Du kannst die sauberen Sachen wegräumen.»

Manuel legte sich das Tuch über die Schulter, lehnte

sich gegen den Kühlschrank und sah auf seinem Handy die SMS-Eingänge durch.

Erst dachte Simon, der Junge würde anschließend dann gleich mithelfen. Doch stattdessen begann er nach einer Weile ein Game auf seinem Handy zu spielen.

Simon musterte ihn mit gerunzelter Stirn. Dabei fiel ihm auch wieder ein, dass Manuel ihm in dem Tankstellenladen bei der Verfolgung der Diebe im Weg gestanden hatte. «Du, sag mal», begann er. «Kennst du die Typen, die Silvias Auto geklaut haben?»

«Was für Typen?», murmelte Manuel, ohne vom Spiel aufzuschauen. «Wie kommst du denn da drauf?»

«Na ja, du warst auch im Shop ...»

Der braunhäutige Junge zuckte die Schultern. «Nee, nie gesehen. Die kenn ich nicht.» Gleichgültig spielte er weiter mit dem Handy.

Doch Simon war hellhörig geworden. Wenn Manuel nicht wusste, wer in dem Auto war, wie sollte er dann sagen können, dass er die beiden noch nie gesehen hatte? Aber auch etwas anderes hatte Simon schon früher am Abend stutzig gemacht. Eine Einzelheit, irgendwas Kleines, aber Wichtiges – doch es wollte ihm einfach nicht mehr in den Sinn kommen. Jedenfalls, dachte er, bleib ich an der Sache dran. So lange, bis es mir wieder einfällt.

Debora trocknete sich die Hände ab und ging zu Simon hinüber. Sie zog aus seiner Hosentasche die gefundene Strickmütze hervor und zeigte sie Manuel. «Und die hier? Kennst du vielleicht wen, der eine solche Mütze trägt?»

Manuel starrte das Käppchen bestürzt an. «Wo hast du die her?»

«Von den Typen, die Silvias Auto geklaut haben.»

«Ach so ...» Der Junge entspannte sich, da ihm klar

wurde, dass nicht seine eigene Mütze entdeckt worden war. Rasch hatte er wieder seine übliche teilnahmslose Miene drauf. «Na und, was geht's mich an? Mach mal nicht so 'nen Stress hier.»

Debora und Simon warfen sich einen Blick zu – ihnen war der bestürzte Ausdruck in Manuels Gesicht nicht entgangen.

Vor dem Küchenschrank kletterte Raffi auf einen Stuhl und stapelte Teller ins obere Regal. Manuel stand tatenlos daneben, obwohl er das Fach ohne Anstrengung erreicht hätte.

Während Debora sich wieder ans Spülen machte, sah Simon den Jungen auffordernd an. «Du kannst ruhig auch mal was tun!»

Doch Manuel schüttelte gelassen den Kopf. «Bei uns machen die Männer keine Hausarbeit.»

«Was?» Simon traute seinen Ohren kaum. «Hast du noch 'ne bessere Ausrede?»

Debora drehte sich um und schaute Manuel direkt in die Augen. «Das mag bei euch wohl so sein, aber bei uns ist es nicht so!»

«Jedem das seine», meinte Manuel ungerührt. «Jedenfalls ist das was für Frauen.» Und mit Blick zu Simon fügte er hinzu: «Oder vielleicht noch was für kleine Jungs.» Lässig drückte er ihm das Geschirrtuch in die Hand, wandte sich ab und schlenderte davon.

Die Mädchen starrten ihm entgeistert nach, und Simon platzte der Kragen.

«Sag mal, spinnst du eigentlich?», rief er ihm hinterher. «Das wird dir noch leidtun! Was glaubst du eigentlich, wer du bist?»

Von draußen kam keine Antwort. Stattdessen knarrte die Treppe nach oben.

Als Manuel endgültig außer Hörweite war, seufzte Debora kopfschüttelnd: «Das gibt's doch nicht ...» Dann fasste sie sich wieder und bemerkte: «Sehr auffällig, was der für Augen gemacht hat, als ich ihm die Mütze zeigte!»

Raffi nickte. Und Simon murmelte: «Mit dem stimmt was nicht, hundertpro. Die Frage ist bloß, was. Wir müssen jedenfalls ganz dringend etwas unternehmen!»

Auf seinem Zimmer griff Manuel als Erstes nach der hellgrauen Baumwollmütze und versteckte sie in einer Schublade unter einem Stapel Socken.

Dann sah er sich um.

Das Zimmer wirkte an sich sehr gemütlich: steile Dachschrägen auf beiden Seiten bis zum Fußboden, ein Fenster in der Mitte mit Aussicht auf die Gewächshäuser, den Fluss und dahinter den Wald. Dunkelbraune Sichtbalken, behagliche Holzmöbel. Über dem Bett ein Dachfenster mit Blick hinauf zum Himmel, der zurzeit gerade den rötlichen Schein der Abenddämmerung im ganzen Raum verbreitete.

Manuel pinnte ein Poster mit einem weißen Sandstrand und Palmen an die Wand, dazu ein Foto seiner Mutter.

Auf dem Nachttisch stand ein frischer Blumenstrauß mit einem kleinen Kärtchen: HERZLICH WILLKOMMEN AUF DEM KAMINSKI-HOF, MANUEL!

Der Junge holte seinen MP3-Player heraus und legte sich aufs Bett, ohne die Schuhe auszuziehen.

In diesem Moment klingelte sein Handy.

Er schaute aufs Display und nahm den Anruf entgegen. «Raul, was geht ab?»

«Wo steckst du, Manu? Die blöde Karre ist liegengeblieben!»

«Was du nicht sagst.» Mit der freien Hand angelte Manuel eine Zigarette aus der Schachtel und zündete sie sich an. «Das ist ein voll idiotischer Ort hier», erklärte er. «Die Typen auf diesem blöden Blumenhof sind total daneben, jedenfalls die meisten. Was die für Vorstellungen haben! Das reinste Gefängnis.» Genervt blies er Rauch aus. «Aber mir bleibt ja nichts anderes übrig – ich muss wohl oder übel einigermaßen mitspielen, sonst gibt's Stress und ich lande in einer Jugendanstalt, wo die Türen abgeschlossen sind. Das hatte ich schon mal, und glaub mir, das will ich nie wieder!»

«Dann kannst du gar nie weg da? Haben sie dich die ganze Zeit unter Kontrolle?»

«Doch, abends von sieben bis neun kann ich raus …»

«Gut zu wissen. Also, dann bis morgen!»

«Ja, bis morgen.» Manuel beendete die Verbindung, beugte sich vor und schnippte die Asche seiner Zigarette in die Blumenvase auf dem Nachttisch.

Ein Platz zum Schlafen

5

Die Familie Kaminski war vollzählig im abendlichen Wohnzimmer versammelt, als die Eltern vom Blumenladen herüberkamen und Opa sich in seinen Lehnstuhl setzte. Zuvor hatten die Kids einen «Familienrat» einberufen. Das taten sie immer, wenn etwas Außergewöhnliches anstand – und das war jetzt ganz eindeutig der Fall …

Nachdem die Kinder ihre Bedenken wegen Manuel geschildert hatten, trat eine Stille ein, die nur vom Ticken der altmodischen Pendeluhr unterbrochen wurde. Zwockel legte sich mitten auf den Teppichboden und rollte sich friedlich zusammen.

«Und was wollt ihr damit nun sagen?», fragte Vater schließlich.

Simon richtete sich an seinem Sofaplatz auf. «Das ist ganz klar – der Typ muss wieder gehen!» Er hatte Mühe, ruhig zu bleiben, da der Junge ihn beleidigt hatte, obwohl er doch versucht hatte, ihm gegenüber nett zu sein. «Der macht uns runter und hält sich nicht an die Regeln. Und das wird bestimmt nur noch schlimmer!»

«Die Regeln muss er natürlich einhalten wie alle anderen auch, das ist klar», entgegnete Vater. «Ihr habt recht, das war wirklich kein guter Einstieg.»

«Wir finden es auch nicht einfach, den Zugang zu ihm

zu finden», erklärte Mutter. «Aber grundsätzlich haben wir alle Ja dazu gesagt, dass ein Junge herkommt. Ihr habt euch vielleicht vorgestellt, dass da ein guter neuer Freund in die Familie kommt, und jetzt seid ihr enttäuscht darüber, dass das nicht so ist … Aber es könnte noch so werden mit der Zeit.»

«Das kannst du vergessen», platzte Raffi heraus. «Dazu ist der viel zu eingebildet!»

«Ich verstehe eure Bedenken», gab Vater zu. «Trotzdem sollten wir jetzt nicht so schnell aufgeben. Bitte gebt ihm noch mal eine Chance und versucht, ganz bewusst auf ihn zuzugehen.»

«Pah, auf so einen zugehen!», brauste Simon auf. «Das hab ich doch schon versucht! Der nützt es bloß aus, wenn man's gut meint! Und überhaupt …»

«Das ist wirklich nicht einfach», brummte Opa in seinem Sessel. «Auf jemanden zugehen, der so stachelig ist und einem deutlich zeigt, dass er einen nicht mag. Andererseits … wenn wir ihn jetzt wegschicken, nehmen wir ihm auch die Möglichkeit, sich zu ändern – und das würde er vielleicht tun, auch wenn's im Moment überhaupt nicht so aussieht.»

«Meinst du?», seufzte Debora.

Vater beugte sich vor. «Versetzt euch mal in Manuels Lage. Seine Mutter verlässt ihn und seine Schwester, kaum dass sie in der Schule sind, und kehrt zurück zu ihren vier Kindern in Santo Domingo, die sie aus ihrer früheren Ehe dort hat …»

«Was?», rief Raffi. «Seine Mama ist einfach weggegangen? Das ist ja furchtbar!»

Herr Kaminski nickte. «Ja, und sein Vater, ein Mann aus unserem Land, schafft es nicht alleine mit den Kindern. Er muss sie in eine Pflegefamilie geben. Manuels Schwester geht's dort gut, sie kann sich einfügen und wird mit der Zeit fast wie ein Kind der Familie. Manuel hingegen nicht, er treibt sich mit den falschen Leuten rum, stellt sich quer, wird straffällig. Die Familie kann nicht mehr damit umgehen, und er wird einer anderen Pflegestelle zugewiesen. Dort hält er's nicht aus, es gefällt ihm überhaupt nicht, er reißt aus, kommt in eine weitere Familie. Da klappt's wieder nicht, und schließlich landet er zum ersten Mal in einem Heim. Auch dort reißt er aus. Eine Zeitlang lebt er auf der Straße, dann wird er von der Polizei aufgegriffen. Zuletzt war er nun in einem geschlossenen Heim, doch sobald er in die offene Abteilung verlegt wurde, haute er erneut ab und lebte danach mehrere Wochen in der Stadt, untergetaucht bei Freunden. Erst vor wenigen Tagen wurde er von der Polizei wieder aufgegriffen. Und jetzt ist er hier, um endlich eine Lösung zu finden, einen Ort, wo er zur Ruhe kommen kann. Er will auf keinen Fall mehr in ein Heim, für ihn kommt nur ein familiärer Rahmen in Frage …»

Betroffen hörten die Kids zu. Die Geschichte von Manuels Vergangenheit hing wie eine dunkle Wolke im Raum.

Nach einer Weile sagte Mutter: «Wir müssen versuchen, hinter seiner coolen Fassade den zu sehen, der er wirklich ist – den wahren Manuel hinter seiner Schutzmauer.»

«Wirklich hart für ihn», gab Simon zu. «Aber das alles gibt ihm nicht das Recht, mich fertigzumachen. Und ich soll es einfach schlucken und dann noch Mitleid mit ihm haben?»

«Nein, du musst das keineswegs schlucken», erwiderte Opa. «Ich will nichts beschönigen. Aber stellt euch mal vor, wie es in einem Menschen aussieht, der immer nur enttäuscht wurde. Der so oft verlassen wurde, dass er so etwas wie Geborgenheit für einen schlechten Scherz hält – und Vertrauen für eine glatte Lüge. Dem die Fähigkeit, anderen Leuten gegenüber hilfsbereit zu sein, abhandengekommen ist … Unser Auftrag ist es, ihm Vertrauen zu schenken und ihm dadurch die Möglichkeit zu geben, uns zu vertrauen.»

Debora wurde sehr nachdenklich. Auch die anderen hörten aufmerksam zu, als Opa weitersprach. Sein trüber Blick schweifte in die Ferne.

«In einer alten Geschichte geschieht etwas, das uns hier einen wichtigen Hinweis liefern könnte. Darin bemerkt eines Tages ein Hirte, dass eins von seinen hundert Schafen nicht mehr da ist. Was soll er tun? Er lässt die neunundneunzig anderen weiden und macht sich auf die Suche. Schließlich findet er das verlorene Schaf, und als er es nach Hause bringt, freuen sich alle und er selbst am meisten …» Bedächtig lächelte Opa in die Richtung der Kinder. «Der Hirte ist ein Bild für Gott», brummte er mit seiner warmen, tiefen Stimme. «Jesus ist für die Verlorenen gekommen, die Ausgestoßenen, die Einsamen und die Armen. Er selbst sagte: ‹Nicht die Gesunden brauchen einen Arzt, sondern die Kranken.› Er hatte ein Herz gerade für Leute wie Manuel.»

Die Kids ließen sich diese Worte durch den Kopf gehen. Auch die Eltern waren in Gedanken versunken.

«Jeder Einzelne ist für Gott wertvoll», schloss Großvater. «Jeder, auch Manuel. So sollte es uns doch möglich sein, zumindest einen Versuch zu wagen und die Schwierigkeiten am Anfang auszuhalten. Dabei können alle mithelfen. Es liegt an jedem von uns. An jedem Einzelnen.»

Debora stieg mit einem Stapel Handtücher unter dem Arm die Treppe hoch zum Dachgeschoss.

Die Familie hatte gemeinsam entschieden, Manuel doch noch mal eine Chance zu geben. Unter einer Bedingung: Wenn es nicht besser würde und die Kids in ein paar Tagen immer noch auf seinem Weggang beharrten, dann müsste er gehen.

Oben wollte Debora anklopfen, doch sie zögerte, weil sie den Jungen drinnen in seinem Zimmer telefonieren hörte.

Gerade eben legte er auf. «Nie ist sie da!», murrte er unüberhörbar. «Zuerst heißt es, in einer Stunde, und dann ist sie zu beschäftigt. Pah – beschäftigt! ... Versuch ich's eben morgen wieder. Irgendwann wird Mama doch Zeit für mich haben.»

Debora fragte sich, wie es für ihn wohl sein musste, auf diese Weise abgewiesen zu werden, dabei liebte er seine Mutter doch so sehr ...

Schließlich gab sich Debora einen Ruck und klopfte vorsichtig an.

Manuel öffnete sofort. Überrascht schaute er sie an und strich sich eine schwarze Locke aus der Stirn.

«Ähm ...» Debora erwog kurz, ihn vielleicht darauf anzusprechen, was sie eben gehört hatte. Doch sie entschied sich dagegen und erklärte: «Mama hat gesagt, jemand soll dir noch die Handtücher raufbringen.»

«Danke», erwiderte er mit erstaunlich sanfter Stimme.

Das erste freundliche Wort seit seiner Ankunft.

Manuel nahm die Handtücher, wobei sich ihre Finger kurz berührten.

Für einen Moment wussten beide nicht, was sie sagen sollten.

Sie sahen sich einfach an.

Der eigentümliche Bann dieses Augenblicks zerbrach, als Debora der Geruch von kaltem Rauch in die Nase stieg. Unwillkürlich trat sie einen Schritt zurück.

Sie schnupperte und bemerkte im Zimmer eine offene Zigarettenschachtel auf dem Bett.

In förmlichem Ton sagte sie: «Du hast hier drin geraucht.»

Abwehrend hob er die Hand. «Nein, es ist nicht, wie du denkst ...»

Doch dann überlegte er es sich anders. Mit gesenktem Kopf murmelte er: «Ja, stimmt. Hab nicht mehr dran gedacht ...»

Er blickte auf und sah sie aus seinen dunkelbraunen Augen bittend an. «Verpfeifst du mich jetzt?»

Debora trat von einem Fuß auf den anderen. Sie war unschlüssig, was sie tun sollte.

«Gute Nacht», sagte sie nach einer Weile und wandte sich zum Gehen. «Lüfte gut durch – frische Luft ist gesund ...»

Er schaute ihr nach, bis sie im unteren Stockwerk verschwunden war.

In ihrem Zimmer setzte sie sich an ihren Schreibtisch am Fenster. Sie war etwas verwirrt. Von all dem, was heute passiert war. Vor allem von dem eigenartigen Bann der kurzen Berührung ihrer Hände vorhin. Und von seinem scheuen Lächeln, das jedes Mal die Sonne in Manuels sonst so bedrücktes Gesicht zauberte. Und von seinen dunklen Mandelaugen, in denen eine unvermutete Wärme aufglomm, wenn er sie anblickte … Irgendwie spürte sie, dass unter seiner harten Schale noch eine andere Seite steckte, eine weichere. Zumindest hoffte sie das. Obwohl sie sich selbst nicht erklären konnte, wieso ihr das so wichtig war …

Im Dachzimmer lag Manuel auf dem Bett und schaute durchs offene Fenster hinauf zum schwarzen Nachthimmel mit dem Mond und den vielen Sternen.

Die Musik aus seinem MP3-Player in den Ohren, sah er vor seinem inneren Auge einen Jungen, der aus dem Dunkel um eine Ecke biegt und in blendendes Licht tritt. Das grelle Licht strömt aus einer hoch aufragenden Straßenlaterne, wie er erkennen kann, als sich seine Augen an die Helligkeit gewöhnen. Der Junge ist er selbst. An seiner Seite bemerkt er Raul und Felipe. Sie klopfen ihm anspornend auf die Schultern, und alle drei gehen weiter auf ein flaches Gebäude zu, das im Schein vieler Lampen an der Straße liegt. Das Schaufenster des Gebäudes ist noch beleuchtet, niemand im Laden …

Ruckartig richtete sich Manuel im Bett auf. Er schüttelte heftig den Kopf, um die Gedanken zu verscheuchen.

Als sein Atem allmählich ruhiger ging, legte er sich wieder hin. Doch die Gedanken waren noch da. Diesmal sah er sich aus einem Haus steigen … In der Abenddämmerung lässt er seine Reisetasche aus dem Fenster im ersten Stockwerk in die Tiefe fallen und springt hinterher. Es geht gut, nichts gebrochen, alles klar. Er schwört sich, nie mehr in ein Heim zu gehen. Nie mehr ... Tage später zieht er hungrig in der Stadt umher. Wühlt in Müllcontainern und Abfalleimern. Drin sind lauter leere Schnellimbiss-Verpackungen, verbeulte Getränkedosen, zerknüllte Gratiszeitungen. Nichts Essbares weit und breit. Getrieben von dem bohrenden Schmerz im Magen schlendert er ins Einkaufszentrum. Er will nicht stehlen. Aber dieser quälende Hunger ... In einem Lebensmittelladen schnappt er sich etwas zum Essen und Trinken. Blickt sich verstohlen um. Schiebt die Sachen unter die Jacke. Geht an der Kasse vorbei. Vor Angst wie gelähmt. Schreit vielleicht gleich jemand: «Stehen bleiben, du Dieb!»? Hat ihn jemand beobachtet? Jeder könnte es sein ... Dann ist er draußen. Er hat es geschafft, niemand hat ihn aufgehalten. Er will nicht stehlen. Aber er hat grausamen Hunger. Auf einer Bank im nahen Stadtpark schlingt er die geklauten Sachen runter. Und später, als es stockfinster wird, sucht er sich einen Platz zum Schlafen. Er findet einen dunklen Hauseingang. Das könnte passen. Vorsichtig tritt er ins Unsichtbare. Gerade als er sich hinlegen will, fährt ihn aus der Schwärze eine Gestalt an. Ein heruntergekommener Obdachloser, stinkend nach fauligem Wein und Schmutz: «Hau ab», faucht der Mann heiser. «Verschwinde, du dreckiger Ausländer! Das hier ist *mein* Platz!»

Mit schweißbedeckter Stirn schreckte Manuel auf dem Bett hoch und starrte in die Dunkelheit, die rund um ihn das ganze Zimmer erfüllte.

Auffällige Wandlung

6

Am nächsten Tag trafen sich die Kids nach der Schule mit ihren Freunden.

Debora und Suila unternahmen zusammen einen Ausritt auf ihren Stuten Fanny und Lucy, Raffi spielte mit ihrer besten Freundin Nina im Nachbarhaus der Kaminskis, das sie «Villa Kunterbunt» nannten. Und Simon gewann mit Loko eine Fußballpartie gegen ein paar andere Jungs aus dem Dorf. Man konnte inzwischen wieder ungestört auf dem Sportfeld kicken, denn die Jugendbande *Banfits*, die dort sonst oft Zoff machte, hatte sich aufgelöst.

Ihr Anführer Mirko befand sich nach einer kürzlich verübten schweren Körperverletzung derzeit in einem geschlossenen Jugendheim, und er würde nicht so bald wieder nach Hause kommen, denn das Jugendgericht hatte ihn zu einer beträchtlichen Jugendgefängnisstrafe verurteilt. Sein Kumpel Ergün war rechtzeitig aus der Bande ausgestiegen – er ließ weiterhin die Finger vom Alkohol und spielte Gitarre in einer Band, wo auch seine Freundin mitmachte.

Da die Banfits somit ihren Anführer und ein wichtiges Mitglied verloren hatten, war die Bande auseinandergefallen, und es gab sie als solche nicht mehr. Klar hingen Jens, Julia und ein paar der anderen Jungs manchmal noch gemeinsam herum, aber sie machten nicht mehr zusammen Stress in der Gegend.

Weshalb man eben unter anderem wieder unbelästigt Fußball spielen konnte …

Am Sportfeldrand wischte sich Loko nach Spielende mit einem Handtuch den Schweiß von der Stirn. «Wir fahren übers Wochenende weg», erzählte er. «Verwandte in der Stadt besuchen.»

Simon musterte ihn. «Freust du dich? Oder ist das eher eine schlechte Nachricht?»

Lächelnd nahm Loko die Trinkflasche, die Simon ihm hinhielt. «Es wird bestimmt nicht langweilig. Da findet eine Hochzeit statt – ein Riesenfest, das mehrere Tage dauert. Wir fahren morgen nach der Schule los und sind erst am Sonntagabend wieder hier.»

«Na, dann mal viel Spaß!», grinste Simon.

In diesem Moment piepste sein Handy.

Rasch sah er nach.

Es war eine SMS-Nachricht von seiner Freundin Antje, die in einem schönen Ferienort in den Bergen lebte. Eine SMS von ihr war eigentlich meistens der absolute Höhepunkt des Tages.

> Lieber Simon, vielen Dank für Deinen lieben Brief. Ich schaue mir gerade die Fotos von uns beiden in Amsterdam an. Vermisse Dich mega. Hoffentlich bis bald! Ich liebe Dich, Deine Antje

Loko setzte sich schmunzelnd auf den Rasen und schnürte seine Fußballschuhe auf, während Simon für Antje eine Antwort schrieb.

Am späten Nachmittag hielt Jansens roter Fiat auf dem Kaminski-Hof an, und Manuel verabschiedete sich von dem Sozialpädagogen. Die beiden hatten sich wie vereinbart einige Lehrbetriebe sowie Wohn- und Ausbildungsstätten im größeren Umkreis angesehen.

Als Jansen wegfuhr und Manuel auf dem Vorplatz noch eine Zigarette rauchte, trat Frau Kaminski aus dem Blumenladen auf ihn zu. «Na, wie ist es gelaufen?»

«Nicht schlecht», murmelte er.

«Und was heißt das, nicht schlecht? War was dabei, das dir gefallen würde?»

«Schon ...» Manuel blies Rauch aus. «Eine Schreiner-Lehrstelle in einem der Ausbildungsbetriebe wäre echt stark. Da könnte ich auch wohnen, zusammen mit den anderen Lehrlingen – das wär schon cool. Und auch der Chef dort war sehr nett, hat jedenfalls so getan. Aber ...»

«Aber was?» Sie sah ihn aufmerksam an.

«Na ja ... Ich bekomm die Stelle eh nicht.»

«Wieso? Wer sagt das?»

Manuel senkte den Kopf. «In meinem Leben klappt eh nie was. Deshalb. Ich krieg nie was auf die Reihe.»

«Das stimmt nun aber nicht», wandte sie ein. «Heute Vormittag hast du in der Blumenhandlung super mitgeholfen und alles ganz toll hingekriegt. Auch mein Mann war sehr zufrieden mit dir, als ihr gemeinsam die Blumen und Pflanzen ausgeliefert habt. Weiter so!»

Über Manuels Gesicht huschte sein eigentümliches

scheues Lächeln. Lob war er offensichtlich nicht gewohnt, meistens wurde er eher zusammengestaucht.

«Du machst jetzt erst mal Pause», schlug Frau Kaminski vor. «Drinnen habe ich dir was für zwischendurch auf den Tisch gestellt. Danach hilfst du dann bitte bis zum Abendessen noch drüben im Lagerraum mit.»

«Ich mach mich lieber gleich an die Arbeit, danke», antwortete er dienstfertig und ging zum Gebäude hinüber. Er erhoffte sich durch seine XXL-Höflichkeit gewisse Vorteile, was seine abendliche Freizeit betraf. Am Wochenende würde er nämlich unbedingt mehr als die läppischen zwei Stunden benötigen …

Frau Kaminski blickte ihm nach und freute sich über seine raschen Fortschritte. Noch einen Tag zuvor war er so stachelig wie ein Igel gewesen, und nun verhielt er sich schon den ganzen Tag über so nett und zuvorkommend. Dieser plötzliche Wandel war ja geradezu wundersam …

Bei den Hausaufgaben beobachtete Debora durchs Fenster, wie draußen ein teurer, blitzblanker Geländewagen vorfuhr.

Julia und ihre Mutter stiegen aus. Sofort zog es Debora den Magen zusammen. Julia, die Tochter des Bürgermeisters, hatte vor kurzem zusammen mit den Banfits die Kids in eine Prügelei verwickelt und dabei mit dem Handy gefilmt – mit schwerwiegenden Folgen …[1]

Frau Bürgermeister verschwand im Blumenladen und

[1] Nachzulesen in: *Die Kaminski-Kids: Unsichtbare Zeugen*

wurde dort von Frau Kaminski beraten. Derweil gammelte Julia gelangweilt draußen beim Wagen herum.

Nach einer Weile kam Manuel aus dem Warenlager. Das Mädchen lächelte den Jungen an, und die beiden begannen miteinander zu reden. Das versetzte Debora gleich noch einen Stich.

Beim Plaudern richtete sich Julia geziert die Haare und kicherte fortlaufend, als würde Manuel die besten Witze der Welt erzählen. Als der Junge sich eine Zigarette anzündete, bat Julia ihn um einen Zug, und er hielt ihr den Glimmstängel hin.

Debora überlegte, ob sie Manuel nach unten zurufen sollte, er müsse was erledigen. Doch sie ließ es bleiben. Obwohl – es wurmte sie schon sehr, dass ausgerechnet Julia mit ihm flirtete. Dass ihr das so viel ausmachte, erstaunte Debora selbst. Sie merkte, dieser Junge schien ihr offenbar mehr zu bedeuten, als ihr bewusst gewesen war …

Unten nahm Julia das Handy hervor, fragte Manuel etwas und tippte dann auf der Tastatur herum.

Debora war überzeugt, dass die beiden einander soeben die Handy-Nummern gegeben hatten.

Jetzt reichte es ihr. Das war's, sagte sie sich. Lass die Finger von dem Typen. Der macht mit jedem Mädchen rum.

Sie beugte den Kopf über ihre Hausarbeiten.

Doch draußen kiekste Julia ständig laut heraus wie eine Zicke. Man konnte keinen klaren Gedanken fassen.

Endlich trat drüben Julias Mutter mit einem riesigen Blumenbukett aus dem Laden.

Manuel verschwand sofort Richtung Lagerraum, und Julia sah ihm noch lange verträumt nach.

Mindestens verträumt, dachte Debora. Wenn nicht sogar verliebt …

Das verschwundene Geld

7

Kurz vor dem Abendessen klingelte das Telefon, und Simon hob in der unteren Diele den Hörer des Wandapparats ab.

Am anderen Ende der Leitung war Frau Eschinger, eine ältere Dame, die am Vormittag eine Blumenlieferung erhalten hatte. «Bei mir ist Geld weggekommen!», eröffnete die Dame aufgeregt. «Das kann nur Ihr Lehrling gewesen sein, der die Blumen geliefert hat. Sonst war heute nämlich keiner in meiner Wohnung!»

«Unser Lehrling?»

«Ja, der junge Bursche mit den schwarzen Locken!»

In Simon stieg eine eigenartige Mischung von Gefühlen auf. Hab ich's doch gewusst, dachte er seltsam befriedigt, obwohl ja etwas Unerfreuliches geschehen war.

Er versprach Frau Eschinger, man werde gleich zurückrufen.

Dann legte er auf und erzählte die Sache in der Küche der versammelten Familie.

Sofort richteten alle ihre Blicke auf Manuel.

Doch der Junge ließ bloß den Kopf sinken und sah vor sich zu Boden, ohne einen Ton von sich zu geben.

Betretenes Schweigen erfüllte den Raum.

Alle warteten auf eine Antwort.

Aber Manuel blieb stumm. Endlos lange.

Dann öffnete er endlich doch den Mund. Ohne aufzuschauen, murmelte er: «Ich hab nichts damit zu tun.»

«Bestimmt?», fragte Mutter. «Du hast das Geld nicht genommen?»

«Nein.»

«Na ja», bemerkte Simon. «Das kann jeder sagen.»

«Richtig», brummte Opa. «Aber es hat auch jeder Anspruch darauf, gerecht behandelt zu werden. Ich würde vorschlagen, dass wir erst noch der Sache nachgehen, bevor wir den Jungen vorschnell als schuldig ansehen.»

«In Ordnung, wir machen jetzt Folgendes», schlug Herr Kaminski vor. «Manuel und ich fahren zu Frau Eschinger rüber, und ich schaue mal kurz nach. Es wäre nicht das erste Mal, dass die alte Dame etwas verlegt hat. Aber ...» Er räusperte sich und sah den Jungen ernst an. «Wenn das Geld wirklich weg ist, muss die Polizei benachrichtigt werden.»

Manuel nickte blass.

Ohne Widerrede stand er auf und verließ mit Herrn Kaminski das Haus.

Die Kids warfen sich einen Blick zu und traten in die Diele hinaus.

«Der Fall ist völlig klar», flüsterte Simon hinten bei der Treppe seinen Schwestern zu. «Der Typ hat das Geld hundertpro gemopst. Und wenn der schon auswärts klaut, ist natürlich auch bei uns im Haus nichts vor ihm sicher!»

Erschrocken sog Raffi Luft ein. «Meinst du, der stiehlt Dinge aus unseren Zimmern? Ist wohl meine Lieblings-Puppe noch da?»

«Ich denke schon», schmunzelte Debora.

Simon hob die Schultern. «Es gibt nur eine Art, wie wir rausfinden können, was er bei uns schon alles hat mitgehen lassen.»

Fragend runzelte Debora die Stirn. «Du meinst doch nicht etwa ...»

«Doch. Sehen wir in seinem Zimmer nach.»

«Meinst du wirklich?»

Simon nickte. «Dort werden wir ja dann wohl auch das Geld von Frau Eschinger finden ...»

Mit klopfenden Herzen standen die Kids im Dachgeschoss vor Manuels Tür.

«Dürfen wir denn da überhaupt rein?», fragte Raffi angespannt.

«Nur ausnahmsweise», erklärte Simon. «Sonst betritt man natürlich keine fremden Zimmer, das ist klar. Aber das hier sind besondere Umstände.»

«Na ja, wohl ist mir dabei auch nicht gerade», wandte Debora ein.

Trotzdem legte Simon die Hand auf die Klinke. Abwartend sah er die Mädchen an. «Also, bereit?»

«Ja, aber wir müssen uns beeilen!», drängte Raffi. «Wenn er plötzlich heimkommt!»

«Na, dann mal los!» Simon öffnete.

Aufgeregt traten die Kids ein und schauten sich um.

Das Bett war ordentlich gemacht. Der MP3-Player lag auf dem Nachttisch neben dem Blumenstrauß mit dem Kärtchen, das – mit der Willkommensbotschaft nach vorne – an der Vase lehnte.

Der Koffer stand leer in der Ecke. Alle Sachen waren

fein säuberlich in die Kommode und den Holzschrank geräumt.

«Es liegt nichts rum», bemerkte Simon. «Da bleibt uns nur eins übrig – wir müssen in die Schubladen gucken.»

«Oh-oh …»

Das schlechte Gewissen der Kids wurde noch stärker, als sie das erste Fach öffneten.

Darin lagen nur Klamotten.

Auch im zweiten.

Alles ganz normal.

Sie zogen schließlich weitere Schubladen auf und schauten außerdem in den Schrank.

«Ist euch auch aufgefallen», murmelte Simon während der Suche, «dass Manuel den Erwachsenen gegenüber plötzlich so nett ist und sie echt anschleimt? Der Typ scheint zwei Gesichter zu haben.»

Raffi nickte. «Uns giftelt er jedenfalls noch genauso an wie zuvor.»

Nicht immer, dachte Debora. Doch sie schwieg und sah sich weiter um.

In dem Zimmer war nirgends etwas Verdächtiges zu entdecken. Weder irgendwelche Gegenstände, die Manuel im Kaminski-Haus geklaut haben könnte, noch das Geld von Frau Eschinger.

Nach einer Weile rief Simon plötzlich: «Hey, seht mal, hier!»

In einer offenen Schublade hob er mit einer Hand einen Stapel Socken an, mit der anderen holte er eine dünne Baumwollmütze darunter hervor.

Debora und Raffi kamen herüber und schauten sich das Käppchen an. Es war hellgrau und trug den Aufdruck des Landeswappens in Blau-Rot-Weiß.

Den Kids verschlug es fast die Sprache.

«Das ist doch die gleiche Mütze wie die von dem Autodieb», stellte Debora atemlos fest.

Simon nickte. «Genau. Manuel hat also auch so eine!»

Leise pfiff Raffi durch die Zähne. «Das ist ja ein Ding, die gleiche Mütze! Ja Pingu!»

Aufgeregt blickte Simon die Mädchen an. «Er hat knallhart gelogen, als er sagte, er kenne niemanden, der ein solches Käppchen habe. Vielleicht gehört er also doch zu diesen Typen, obwohl er's abgestritten hat!»

«Das muss nicht sein, er kann ja auch zufällig so eine Mütze haben», meinte Debora.

«Und weshalb versteckt er sie dann unter den Socken?», wandte Simon ein. «Zudem ist das doch ein sehr seltenes Modell ...»

Darauf hatte Debora auch keine Antwort.

In diesem Moment wurden die Kids aus ihren Überlegungen herausgerissen, denn draußen fuhr unüberhörbar ein Auto auf den Hof.

Raffi stürzte ans Fenster und spähte hinunter.

«Das sind sie!», rief die Kleine. «Nichts wie weg hier!»

In Windeseile schoben die Kids das Käppchen ins Versteck unter den Socken zurück, schlossen die Schubladen und richteten alles im Raum wieder so her, wie sie es vorgefunden hatten. Dann verließen sie das Zimmer fluchtartig und hasteten die Treppe hinab.

Die Kids kamen gerade rechtzeitig herunter, um zusammen mit Vater und Manuel in die Küche zu treten.

«Tja», sagte Herr Kaminski. «Ich brauch erst mal was zu trinken.»

Noch ein wenig außer Atem beobachteten die Kids, wie ihr Vater sich ein Glas Wasser einlaufen ließ und einen Schluck davon nahm.

Dann setzte er sich hin. «Es war so … staubig in den Regalen von Frau Eschinger.» Durstig trank er das halbe Glas leer und seufzte. «Das tut gut.»

Die Kids sahen ihn ungeduldig an. «Was ist denn nun mit dem Geld? Jetzt mach's mal nicht so spannend, Papa!»

«Nun, es war, wie ich vermutet hatte», erklärte er. «Frau Eschinger ist nicht mehr die Jüngste, und … da kann's schon mal vorkommen, dass man was verlegt.»

Schmunzelnd beugte er sich vor und klopfte Manuel auf den Rücken. «Jedenfalls hatte unser ‹Lehrling› hier überhaupt nichts mit der Sache zu tun. Das Geld fand sich in einer Schublade weiter unten.»

Manuel war sichtlich mega erleichtert. In seinem Gesicht breitete sich sein eigentümliches Sonnenaufgangs-Lächeln aus.

Doch die Kids blieben misstrauisch. Der Junge hatte sie immerhin angelogen. Und wer wusste schon, was er sonst noch alles laufen hatte, auch wenn er diesmal ungeschoren davonkam …

Nach dem Abendessen schwiegen sich die Kinder beim Spülen gegenseitig an.

Simon, Debora und Raffi wollten sich zuerst untereinander absprechen, bevor sie den Jungen wegen der verdächtigen Mütze zur Rede stellen oder sonst irgendwas unternehmen würden.

Manuel lehnte sich in seiner Ecke gegen den Kühlschrank. «Was soll eigentlich diese öde Spülerei jeden Abend? Wozu habt ihr denn ein Hausmädchen?»

«Silvias Arbeitszeit geht nur bis zum Nachtessen», erklärte Debora. «Danach hat sie frei.»

«Ach so», murmelte Manuel mit veränderter Stimme und blickte Debora sanft an.

Warum bloß, fragte sie sich im Stillen, ist er zu mir viel netter als zu den anderen beiden? Was hat das wohl zu bedeuten? Vielleicht, überlegte sie, findet er mich einfach ein wenig hilfsbereiter oder freundlicher. Denn was könnte er sonst für einen Grund dafür haben?

Simon musterte den Jungen abwartend. «Du bist dir wohl immer noch zu schön, um mal ein bisschen mitzuhelfen, was?», fragte er angriffslustig.

«Hab mich ja nicht plötzlich in einen kleinen Jungen verwandelt», giftete Manuel zurück. «Oder siehst du das anders?»

Tja, dachte Simon frustriert, so viel zum Thema zweite Chance – da hatte sich noch überhaupt nichts verändert. Wenn der so weitermachte, wären seine Tage in diesem Haus schon bald gezählt. Ganz unabhängig davon, was er sonst noch angestellt hatte und was nicht.

Manuel stieß sich ruckartig vom Kühlschrank ab. «Wisst ihr was?», fuhr er Simon und Raffi an. «Ihr seid genauso blöd wie alle anderen auch. Ihr trällert zwar vor dem Essen was rum, aber sonst steckt überhaupt nichts dahinter. Den Gott, dem ihr da so schöne Liedchen vorsingt, den gibt's gar nicht. Und wenn doch, ist er brutal. Genau wie mein Vater – ein Vater, der nicht da ist, wenn man ihn braucht.»

Das machte die Kids für einen Moment sprachlos.

Raffi schluckte leer, und Simon schüttelte den Kopf.

Und Debora fühlte den Schmerz in Manuels Stimme. Von der Mutter verlassen zu werden, war ja schon schlimm genug. Doch dann kümmerte sich nicht mal der Vater um ihn – die meisten Kinder hatten wenigstens einen von beiden Elternteilen …

Manuel wandte sich ab und verzog sich nach oben.

Heimliche Beobachtung hinter dem Gasthof

8

Wenig später steckten die Kids im Mädchenzimmer die Köpfe zusammen, um die Lage zu besprechen.

«Von Anfang an», eröffnete Simon, «hat mich etwas stutzig gemacht. Ich kam einfach nicht drauf, aber jetzt ist es mir wieder eingefallen! Nämlich als ich vorhin im Internet noch mal die Täterfotos von dem Tankstellenraub angeschaut hab.»

«Echt?» Debora und Raffi sahen ihn erwartungsvoll an. «Was denn?»

«Die Mütze!», antwortete er. «Genau die gleiche Mütze wie Manuel und der Autodieb ha…»

Unvermittelt brach er ab.

Draußen auf der Treppe knarrten Schritte.

Das musste Manuel sein. Offenbar kam er von seinem Dachzimmer herunter.

Simon legte den Finger an die Lippen und blickte die Mädchen eindringlich an.

«Achtung!», flüsterte er. «Nach dem, was ich vorhin rausgefunden habe, können wir nicht mehr länger tatenlos zuschauen. Jetzt müssen wir wissen, was der Typ hier vorhat. Wir müssen ihn überwachen!»

Leise stand Simon auf und ging ans Fenster, und seine Schwestern folgten ihm.

Durch die Scheibe sahen sie, wie Manuel unten im warmen Licht der Abenddämmerung aus dem Haus trat.

«Was hast du denn rausgekriegt?», wollte Raffi wissen. «Nun sag schon!»

«Ich werd's euch nachher erzählen und am Computer alles genau zeigen», versprach Simon. «Aber jetzt müssen wir erst mal hinter Manuel her. Wir dürfen ihn nicht aus den Augen verlieren!»

«Also los!», rief die Kleine.

Schnell huschten die Kids ins Erdgeschoss hinab und öffneten die Haustür. Von dort beobachteten sie, wie Manuel am plätschernden Brunnen vorbei vom Hof eilte.

Schon wollten sie raus, da blieb der Junge vorne an der Ecke stehen. Er zündete sich eine Zigarette an und ließ den Blick prüfend durch die Gegend schweifen, als wollte er sich vergewissern, dass ihm niemand folgte.

Die Kids zogen sich rasch in den Hausflur zurück.

Doch ihre Neugier war durch Manuels wachsames Verhalten bloß noch mehr angestachelt.

Als er außer Sicht verschwand, nahmen sie Zwockel an die Leine, rannten unter dem Holzportal mit der Aufschrift KAMINSKIS BLUMENHOF hindurch zur Dorfstraße und huschten dort dem eilig voranschreitenden Jungen in sicherem Abstand hinterher.

In der Ortsmitte überquerte Manuel den Dorfplatz und verschwand in einer unauffälligen Seitengasse hinter dem Gasthaus ADLER.

Vorsichtig folgten ihm die Kids über den kopfsteingepflasterten Platz und blieben dann hinter einer Hausecke stehen. Von hier aus bekamen sie gerade noch mit, wie Manuel in ein geparktes Auto stieg.

Im rötlichen Licht der untergehenden Sonne waren darin zwei junge Männer mit dunklen Locken zu erkennen. Sie waren in ein Gespräch vertieft.

«Was machen wir jetzt?», flüsterte Raffi aufgeregt.

«Wir versuchen, näher ranzukommen», murmelte Simon. «Vielleicht können wir aufschnappen, worüber sie sprechen.»

«Einverstanden.»

Suchend schauten sie sich um.

Schließlich zeigte Debora auf eine Mauer an der Rückseite des Gasthofs. «Das müsste klappen. Von dort haben wir einen guten Überblick, ohne selbst bemerkt zu werden.»

Simon nickte. «Okay.»

Leise schlichen die drei Kids mit Zwockel los.

Je näher sie dem Auto kamen, umso unruhiger wurde der Collie. Zuletzt begann er zu knurren und zielstrebig auf den Wagen loszusteuern.

Raffi hielt den Hund an der Leine zurück, doch er zog mit solcher Kraft, dass Debora ihr zu Hilfe kommen musste. «Ganz ruhig, Zwockel!»

Um ein Haar wären sie ins Blickfeld des Wagens geraten.

Mit knapper Not schafften sie es gerade noch, unentdeckt ins Versteck zu gelangen.

Hier kauerten sie sich erst mal hin.

Neben ihnen surrte leise der Lüftungsabzug des Gasthofs, und kräftige Gerüche drangen aus dem Restaurant heraus. Fritten und Bier.

Vorsichtig linsten Simon, Debora und Raffi an der Mauer vorbei.

Der Schein des gelblich weißen ADLER-Schildes mit der altmodischen roten Schrift fiel auf das geparkte Auto.

Aus der Nähe waren die Männer nun besser zu erkennen. Einer von ihnen trug eine hellgraue Mütze mit dem vertrauten Landeswappen drauf.

Leise pfiff Raffi durch die Zähne. «Schon wieder diese Mütze ...»

Am Kinn des Typen zeichnete sich ein Bärtchen ab. Sein Kumpel, der keine Mütze aufhatte, sah Manuel auffällig ähnlich – so ähnlich, dass man sie glatt miteinander hätte verwechseln können.

Im Wageninnern fand jetzt eine hitzige Diskussion statt. Doch es drangen bloß gedämpfte Laute heraus, kein verständliches Wort. Die Kids waren sich noch nicht mal sicher, ob da drinnen ein Streit abging oder einfach nur eine lebhaft-feurige Unterhaltung.

«Der eine», murmelte Debora, «hat eine solche Mütze und der andere nicht – ob ihm wohl genau *die* fehlt, die Zwockel in Silvias Kombi gefunden hat?»

«Mhm, der Gedanke ist mir auch schon gekommen», bestätigte Simon. «Sieht ganz so aus, als wären die zwei da die Autodiebe!»

Raffi guckte sie aus großen Augen an. «Sollten wir dann nicht die Polizei rufen?»

«Warten wir noch ein wenig ab», schlug Debora vor. «Ich möchte Manuel nicht in was reinziehen, mit dem er dann vielleicht gar nichts zu tun hat.»

«Obwohl schon alles dafür spricht», meinte Simon.

«Ja, aber manchmal sehen die Dinge eben anders aus, als sie sind.»

Simon blickte sie an. Er wollte etwas sagen, ließ es

dann aber bleiben. Stattdessen holte er sein Handy heraus. «Ich halte auf alle Fälle mal das Autokennzeichen fest.»

«Gute Idee», fand Debora, während ihr Bruder die Zahlen und Buchstaben vom Nummernschild ins Handy eintippte.

Und wieder begann Zwockel zu knurren.

«Wahrscheinlich erkennt er den Geruch der jungen Männer», vermutete Raffi.

Als im Wagen der Typ ohne Mütze beim Reden die Hand hob, war an seinem Arm eine üble Schramme zu erkennen.

Simon stieß seine Schwestern schmunzelnd an. «Dem hat's Zwockel bei der Diebesfahrt anscheinend so richtig gegeben!»

Trotz ihrer Aufregung musste Raffi kichern, und sie klopfte dem Collie anerkennend aufs wuschelige Fell. «Ich sag's ja, mit dir legt man sich besser nicht an, was, Zwockel?»

Der Hund schmiegte sich an sie, blieb aber angespannt und wachsam.

Auf der benachbarten Hauptstraße näherte sich dröhnend ein Bus und brauste vorüber. Danach kehrte wieder Stille ein.

Die wurde allerdings plötzlich durchbrochen, als Manuel aus dem geparkten Wagen stieg.

Rasch duckten sich die Kids in den Schutz der Mauer.

«Also, bis morgen, Manu», drang eine Stimme aus dem Auto. «Um acht im Lokal!»

Ohne eine Antwort zu geben, stapfte Manuel davon und eilte am Versteck der Kids vorbei.

Nachdem der Wagen mit den zwei jungen Männern weggefahren war, lösten sich die Kids aus dem Schatten ihres Schlupfwinkels und folgten Manuel zurück zur Dorfstraße.

Zielstrebig schritt er den Gehsteig entlang. Er wollte offenbar nach Hause.

Unterwegs blieb er unter einer Laterne stehen, um sich eine Zigarette anzuzünden. Dabei drehte er sich plötzlich um und entdeckte die Kids trotz der Dunkelheit ein Stück abseits der Straße.

Raffi zuckte zusammen, und Debora kriegte auf der Stelle einen Kloß im Hals.

Doch Simon murmelte ungerührt: «Was soll's, wir müssen eh mit ihm reden.» Er setzte sich in Bewegung, und während er auf Manuel zuschlenderte, rief er ihm zu: «Na, alte Freunde getroffen?»

Den Mädchen wurde immer mulmiger zumute. Sie hätten Manuel lieber erst daheim zur Rede gestellt …

Der Junge wich nicht zurück, sondern baute sich vor Simon auf. «Was geht's dich an?», versetzte er scharf. «Was hast du überhaupt hier zu suchen? Bespitzelst du mich? Musst du deinen Alten Bescheid geben, mit wem ich mich treffe?»

«Nein, überhaupt nicht», erwiderte Simon und holte das Käppchen von Silvias Auto aus seiner Tasche. «Einer der beiden vorhin im Wagen scheint seine Mütze verloren zu haben. Ist es wohl die hier?»

Manuel zuckte mit den Schultern. «Was kratzt mich das? Kümmere dich doch um deinen eigenen Kram.»

«Oder», hakte Simon nach, «hast du vielleicht selbst auch so eine Mütze?»

Debora musterte Manuel aufmerksam.

Der Junge machte eine wegwerfende Handbewegung und zischte Simon an: «Du hast ja keine Ahnung, was da draußen abgeht! Was verstehst du schon vom wirklichen Leben? Du in deinem wohlbehüteten oberpflaumigen Blumenhof!»

Damit stapfte er an den Kids vorbei davon.

«Warte!», rief Debora ihm hinterher und folgte ihm ein paar Schritte. «So warte doch!»

Genervt wandte er sich um. «Vergiss es!», schnauzte er sie an. «Verstanden?!»

Und ohne ein weiteres Wort eilte er los und verschwand in Richtung Kaminski-Hof.

Beweis auf dem Fahndungsbild

9

«Nun sag schon, was hast du denn vorhin rausgefunden, Simon?», fragte Raffi zu Hause in der oberen Diele vor ihrem Computer.

Während Simon mit ein paar Klicks die Fahndungsbilder der Tankstellenräuber noch mal auf den Bildschirm holte, murmelte er: «Wir müssen leise sein, sonst kann uns Manuel oben in seinem Zimmer vielleicht hören. Ihr werdet jetzt gleich sehen, was ich meine.»

Er wählte das Foto aus, auf dem der eine Täter die Kassiererin niederschlug und durch seine ruckartige Bewegung die Kapuze nach hinten rutschte. Darunter war eine helle Mütze auszumachen.

Simon vergrößerte die Stelle, bis auf dem Käppchen ein Aufdruck zu erkennen war.

Völlig unscharf zwar, doch es gab keinen Zweifel.

Die Mütze trug das vertraute Landeswappen mit den vier Rechtecken und dem weißen Kreuz in der Mitte.

«Das ist dieselbe Mütze!», stieß Raffi hervor. «Der Täter trägt das gleiche Käppchen wie Manuel und die Diebe, die Silvias Auto klauten!»

«Genau», stimmte Debora zu. «Die zwei Autodiebe könnten auch die Täter beim Tankstellen-Überfall hier gewesen sein! Nicht nur wegen der Mütze, auch vom Aussehen her!»

«Und wir haben die vorhin gesehen!», entfuhr es Raffi mit einem Schauder.

«Die Frage ist bloß», murmelte Simon, «was führen die im Schilde, warum sind die in unser Dorf gekommen? Manuel kennt die also doch, er hat uns voll angelogen. Er gehört zu denen!»

«Dass er irgendwas mit ihnen zu tun hat, scheint inzwischen klar zu sein», musste Debora zugeben.

«Ja, und das ist noch nicht mal alles», verkündete Simon. «Der Typ hier auf dem Täterfoto könnte auch Manuel sein. Das Bild ist ziemlich verschwommen, aber er könnte es sein.»

«Einer der beiden vorhin im Auto hat aber auch sehr ähnlich ausgesehen», gab Debora zu bedenken.

«Das stimmt», nickte Simon. «Bleibt im Moment also offen: Ist Manuel der Täter, der die Verkäuferin niedergeschlagen hat, oder ist es der Typ aus dem Auto?»

Debora musterte ihren Bruder zweifelnd. «Ich glaube nicht, dass Manuel so was tun würde – er ist nicht so brutal.»

«Woher willst du das denn wissen? Wir haben doch keine Ahnung, was er schon alles gemacht hat, wenn er jeweils untergetaucht ist und auf der Straße lebte.»

«Man muss nicht immer gleich das Schlechteste annehmen», wandte Debora ein. «Es kann ja auch ganz anders sein ...»

«Was ist eigentlich mit dir los?», fragte Simon ungehalten. «Man könnte ja direkt meinen, du hast dich in ihn verguckt!»

Deboras Wangen färbten sich rot.

Raffi spürte, dass eine peinliche Stimmung aufkam, und versuchte ein Scherzchen, um das Eis gleich wieder zu schmelzen. «Vertragt euch auf der Stelle, sonst gibt's eins auf die Delle!», reimte sie aus dem Stegreif und setzte ulkig hinzu: «Ja Pingu!»

Simon und Debora mussten schmunzeln.

Doch in der Sache blieb Simon hart. «Debi, du musst dich vielleicht mal mit dem Gedanken anfreunden, dass Manuel nicht so ein friedlicher Typ ist, wie du gerne hättest.»

Das gab ihr schon zu denken. Klar zeigte sich Manuel häufig abweisend, bis auf die wenigen Augenblicke, in denen er ganz lieb zu sein schien – doch Debora hoffte trotzdem, dass er unschuldig war. Gerne hätte sie jedenfalls daran geglaubt, aber sie war sich alles andere als sicher …

«Eins ist auf alle Fälle klar», schloss Simon. «Zur Zeit dieses Tankstellenraubs, nämlich vor über einer Woche, war Manuel in Freiheit, er wurde ja erst später von der Polizei aufgegriffen. Und wenn man auf der Straße lebt, dann braucht man natürlich Geld … Er könnte tatsächlich bei dem Überfall dabei gewesen sein.»

Diese Tatsache konnte Debora auch nicht entkräften. Schweigend senkte sie den Kopf und schaute gedankenversunken zu Boden.

In seinem Zimmer löschte Manuel das Licht und blickte durchs Dachfenster zum Sternenhimmel hinauf.

Nach einer Weile verschmolzen die hellen und die dunklen Flecken ineinander zu einem flirrenden Durcheinander, und er sah davor eine Szene wie in einem Film ablaufen.

Es ist brütender Nachmittag in der Stadt, seine Turnschuhe sind so ausgelatscht, dass an einem von ihnen die Sohle schon fast abfällt. Er braucht dringend neue Latschen. Doch was tun ohne Geld? Auf einem Schulgelände schleicht er sich bei der Sporthalle in die Umziehgarderobe. Mit klopfendem Herzen sucht er nach einem Schuhpaar in seiner Größe. Er schnappt sich eines und rennt davon. Hals über Kopf, nichts wie weg.

Nun hat er wieder Schuhe. Aber schon bald wartet das nächste Problem. Die Nacht senkt sich über die Stadt, und draußen zu schlafen ist ganz schön hart und gefährlich. Zum Glück trifft er eines Abends diesen Typen aus Santo Domingo. Raul. Einer wie er. Sie verstehen sich auf Anhieb. Sie haben dieselben Schwierigkeiten, das Leben auf die Reihe zu kriegen. Nur hat es Raul noch härter getroffen mit seiner Familie …

Raul hat eine kleine Wohnung, und bei ihm kann Manuel erst mal unterkommen. Schade nur, dass Rauls jüngerer Bruder Felipe auch da wohnt. Mit ihm versteht sich Manuel weniger gut. Aber das ist das notwendige Übel, wenn er dafür im Trockenen übernachten kann.

Felipe schlägt vor, sich Geld zu beschaffen, indem sie einen Laden um den Inhalt der Kasse erleichtern. Manuel weigert sich. Er klaut nur Essen und all die Dinge, die er zum Leben gerade braucht. Raul und Felipe lachen. «Die Wohnung kostet auch was», sagen sie. «Wir müssen die Miete bezahlen, wir brauchen Kohle!»

Es ist dunkel. Er tritt aus dem Finstern um eine Ecke in die blendende Helligkeit vieler Straßenlaternen, geht mit Raul und Felipe auf ein flaches Gebäude zu. Eine BP-Tankstelle. Der Shop ist noch beleuchtet, und durch die

Schaufensterscheibe sieht man die Verkäuferin hinter der Kasse, ansonsten ist der Laden leer …

Ein Stockwerk tiefer besprachen die Kids beim Computer im Flur leise, wie sie sich nun weiter verhalten sollten.

«Eins ist klar», murmelte Simon. «Ob Manuel bei dem Tankstellen-Überfall dabei war oder nicht, können wir nur herausfinden, wenn wir an ihm dranbleiben und mehr über ihn rausbekommen. Bloß wie?»

«Morgen trifft er sich doch wieder mit diesen zwei Typen!», sagte Raffi. «Vielleicht …»

«Stimmt», nickte Debora. «Wenn wir das Treffen beobachten und vielleicht sogar belauschen könnten, würden wir vielleicht einen Hinweis kriegen. Dann wüssten wir, woran wir mit Manuel sind. Ob er einer der Täter ist oder nicht.»

«Super Idee!», lobte Simon. «Aber wie finden wir raus, wo sie sich treffen?»

«Der Typ hat doch was aus dem Autofenster gerufen – ‹morgen um acht›, und noch was …» Debora kniff die Augen zusammen und versuchte sich zu erinnern. «So was wie ‹im Lokal› oder so. Kann das sein?»

«Ja – aber in welchem Lokal?»

«Wahrscheinlich meint er damit eine Gaststätte», vermutete Simon. «Doch das können unzählige sein.»

«Rück mal ein Stück zur Seite, Bruderherz.» Debora

startete am Computer die Internet-Suchmaschine und gab den Namen der Stadt sowie das Wort LOKAL ein.

Auf dem Bildschirm erschienen jetzt ganz verschiedene Einträge.

MUSIK-LOKAL …

GRIECHISCHES RESTAURANT MIT GROSSEM LOKAL …

BAR-LOKAL POSEIDON …

LOKAL-REDAKTION ABENDBLATT …

Debora zeigte auf einen Eintrag etwas weiter unten. Dort stand:

EL LOKAL, LATINO-SPEZIALITÄTEN UND DRINKS

«Das muss es sein!» Simon klopfte ihr begeistert auf den Rücken. «Gut gemacht, Schwesterchen!»

«Ja, echt!», strahlte Raffi. «Check!»

Alle drei klatschten sich auf die Handflächen. «Check!»

Während Debora die Anschrift des Latino-Lokals auf einen Zettel schrieb, hielt Simon fest: «Da gehen wir morgen hin!»

«Alles klar, gebongt!» Raffi war schon jetzt ganz aufgeregt. Ob sie auf diese Weise in der Nacht überhaupt ein Auge zukriegen würde?

Manuel legte in seinem Zimmer gerade den Hörer auf.

«Versuch ich's halt morgen noch mal», murmelte er entmutigt. Irgendwie glaubte er selbst nicht mehr daran, dass seine Mutter plötzlich Zeit finden würde für ihn. Was hatte sie denn immer so Dringendes zu tun, da drüben in

Santo Domingo? Natürlich – klar, die anderen Kinder, ihre *richtigen* Kinder …

Als das Telefon klingelte, schreckte er hoch.

Sofort stieg Hoffnung in ihm auf. Ob sie ihn vielleicht zurückrief? Weil man ihr erst jetzt gesagt hatte, dass er sie zu erreichen versucht hatte?

Er hob ab.

Dran war nicht seine Mutter. Sondern – zu seiner Überraschung – sein Vater.

Sofort setzte er sich im Bett auf.

Während der Begrüßung huschte unwillkürlich ein Strahlen über sein Gesicht. Nicht, weil er seinen Vater so mochte. Er sah ihn seit vielen Jahren nur ganz selten, höchstens ein paar Mal jährlich. Doch sein Vater hatte ihm für kommendes Wochenende eine gemeinsame Motorrad-Tour versprochen, und Manuel stand unheimlich auf schwere Maschinen – die gehörten zum Tollsten, was er sich überhaupt vorstellen konnte.

«Hör mal», sagte sein Vater. «Wegen Sonntag … Ähm, ich … Es geht leider nicht. Mir ist was dazwischengekommen … Sorry. Ich muss …»

«Schon easy», entgegnete Manuel und legte ohne ein weiteres Wort auf.

Eine Welle der Enttäuschung schlug über ihn hinweg. Er hatte sich so auf diesen Ausflug gefreut. Aber meistens war es sowieso dasselbe. Wenn sein Vater versprach, ihn zu besuchen, kam er am Ende dann doch nicht. Meist ohne Abmeldung, ohne Entschuldigung, einfach so, vergessen.

So wichtig bin ich ihm also, dachte Manuel.

Er drehte sich auf den Bauch, drückte das Gesicht ins Kissen und begann mit den Fäusten aufs Bett zu hämmern.

Aus vollem Hals schrie er ins Kissen hinein, das den Schrei erstickte.

Nein, befahl er sich. Nein, ich werde nicht flennen.

Ich bin stark.

Ich brauche niemanden!

Ich schaff's ganz alleine!

Mich können doch alle mal. Alle … alle … alle …

Nach einer Weile erlahmten seine Arme, und er ließ sie erschöpft auf die Decke sinken.

Dann fiel ihm siedendheiß wieder ein, dass seine Mutter da drüben auf ihrer Paradiesinsel nie ans Telefon ging. Dass sein Motorradmacker-Vater wieder mal den großen Abwesenden spielte. Dass er bei so vielen Pflegefamilien rausgeflogen war. Selbst wenn er sich mal irgendwo wohlfühlte. Gerade dann. Sobald er sich ein kleines bisschen wohlfühlte und den Leuten ein kleines bisschen vertraute, passierte was. Irgendwas …

Warum musste denn immer irgendwas passieren? Warum?

Wer will mich denn? Wer sollte mich denn überhaupt wollen? Wozu auch?

Keiner. Niemand auf der ganzen Welt.

Er schloss die Augen.

Und sofort lief wieder dieser Film ab. Ein scharfer Schnitt aus der Dunkelheit ins grelle Blenden der Straßenlampen. Raul und Felipe an seiner Seite, sie gehen auf die Tankstelle zu. Im Shop ist noch Licht, die Verkäuferin allein im Laden. Felipe und Raul greifen sich unters T-Shirt, heben das Anhängerfigürchen ihrer goldenen Halsketten an die Lippen. Dann klatschen sie sich ab, nicken sich zu und gehen in Richtung Ladentür …

Muss Manuel gehen?

10

Am nächsten Tag kam Debora etwas früher von der Schule heim, weil eine Mathestunde ausgefallen war.

Als sie über den Hof schlenderte, trat Manuel aus einem der Gewächshäuser und winkte ihr zu.

Erstaunt blieb sie stehen.

Auf sein nochmaliges Winken hin ging sie zu ihm rüber und folgte ihm in den Pflanzentunnel hinein.

Drinnen setzte er sich an der Seite auf eine Holzbank und klopfte auf die Stelle neben sich, um ihr den Platz anzubieten.

Doch sie wartete erst mal ab. Was, bitte schön, dachte sie, sollte das denn werden?

In dem Gewächshaus war es noch wärmer als draußen. Die Luft duftete schwer nach Pflanzen, feuchter Erde und honigsüßen Blumen.

«Ich … äh», druckste Manuel herum und sah sie von der Seite an. «Ich möchte mich entschuldigen wegen gestern Abend. Dass ich dich so angeschnauzt hab. Ich hab's nicht so gemeint …»

«Ja, das war wirklich nicht gerade die feine Art», entgegnete sie. «Ich wollte dir bloß helfen. Oder zumindest über die Sache reden.»

«Jetzt können wir reden», sagte er und klopfte erneut neben sich auf das Holz.

Diesmal setzte sie sich hin.

«Es … tut mir leid», begann er erneut.

«Ist schon okay. Ich bin's einfach nicht gewohnt, so behandelt zu werden.»

«Oh, ich schon. Die meisten Leute machen bei mir immer Stress.»

«Echt? Wer denn so?»

«Na, mein Vater zum Beispiel … Dass Mama uns verlassen hat, ist ganz allein seine Schuld. Nicht *sie* hat mich und meine Schwester im Stich gelassen – *er* hat sich so benommen, dass sie gar keine andere Wahl hatte. Mama ist lieb und immer für mich da.» Seine Augen bekamen einen schwärmerischen Ausdruck. «Sie würde mich verstehen, wenn ich jetzt bei ihr wäre. Sie ist fröhlich und lebenslustig – wir Latinos sind eben so, ich hab ihr Blut geerbt!»

Debora schwieg und machte sich so ihre Gedanken. Die Mutter war also immer für ihn da – und weshalb bekam er sie dann nie an die Strippe? Machte er sich da nicht vielleicht zu viele Hoffnungen?

Nach einer Weile holte Manuel sein Handy aus der Tasche. «Du, tauschen wir unsere Nummern aus?»

«Bestimmt nicht!», sagte Debora schnell. «Die gibst du ja eh allen Mädchen.»

Verdutzt blickte er sie an. «Wie kommst du denn da drauf?»

«Na ja …», antwortete sie etwas verlegen. «Ich hab gesehen, wie du sie Julia gegeben hast.»

«Diese Tussi?» Er lachte. «Sie wollte meine Nummer, das stimmt, aber ich hab sie ihr nicht gegeben.»

«Und wieso hat sie dann genau in dem Moment an ihrem Handy rumgemacht?»

«Keine Ahnung. Vielleicht hat sie 'ne SMS getippt …»

Er hielt ihr sein Handy hin. «Hier, du kannst gern meine Kontakte durchklicken. Ich hab ihre Nummer nicht.»

Rasch wandte Debora den Blick ab. «Ist schon gut … Ich glaub's dir auch so.»

«Und? Krieg ich jetzt deine Nummer?»

Sie konnte sich ein Lächeln nicht verkneifen. Dazu war sie einfach zu erleichtert, dass sie sich wegen Julia getäuscht hatte. Also machte er doch nicht mit jedem Mädchen rum …

Schließlich kramte sie ihr Handy hervor und tauschte mit ihm die Nummer aus.

«Du, was ganz anderes», sagte sie dann. Ihre anfängliche Zurückhaltung schmolz dahin, und sie taute allmählich auf. «Warum», fragte sie, «willst du eigentlich auf keinen Fall mehr in ein Heim? Was ist denn dort so schlimm?»

«Das», antwortete er, «ist eine lange Geschichte.»

«Okay, erzähl sie mir. Ich hab Zeit.»

«Weißt du …» Gedankenvoll ließ Manuel den Blick durch das duftende Gewächshaus schweifen. «Die Jungs in diesen Heimen … Na ja, ich weiß nicht, wie ich's sagen soll … Ich gehöre halt einfach nicht dahin, nicht zu dieser Art Leute. Ich bin kein Verbrecher, verstehst du? Kein Dieb. Ich nehme mir nur, was ich zum Leben brauche, wenn's nicht anders geht.»

Er strich sich eine schwarze Locke aus der Stirn.

Dieses eigentümliche blaue Schimmern, dachte Debora unwillkürlich, in diesen schönen schwarzen Locken …

«Und deshalb», fuhr er fort, «will ich nicht da hin, nie mehr, verstehst du? Ich will ein Zuhause. Sonst bin ich lieber gleich auf der Straße.» Er schüttelte nachdenklich den Kopf. «Bei all diesen Jungs da, die was verbrochen haben, fühl ich mich wie ein Versager … Kommt dazu, dass ich es auf den Tod nicht ausstehen kann, eingeschlossen zu sein. Ich halte das nicht aus, ich brauch die Freiheit wie Luft.»

«Und warum …» Debora wählte ihre Worte mit Bedacht. «Warum bist du nicht mehr bei der Familie, wo deine Schwester lebt?»

«Hat eben nicht geklappt.» Er schaute weg. «Die Eltern da haben Stress gemacht. Die konnten einfach nicht damit umgehen, wie ich … was ich …» Wieder schüttelte er den Kopf. «Ach, es ist alles meine Schuld. Ich hab's verbockt. Wie immer.»

«Siehst du deine Schwester noch oft?»

«Mal eine Mail hier, ein Anruf da, das ist alles.» Ein Leuchten trat in seine Augen. «Von ihr hab ich diesen Freundschaftsring hier.» Er hob seine linke Hand und zeigte ihr den Ring.

«Echt hübsch», sagte Debora. Und dachte: Ach, der ist von seiner Schwester …

«Aber sehen will ich sie nicht mehr», murmelte er.

Sie schaute ihn erstaunt an. «Warum denn nicht?»

«Ich enttäusche sie bloß.»

«Wie, du enttäuschst sie bloß?»

«Sie müsste sich doch schämen wegen mir. Ich werfe ein schlechtes Licht auf sie, weil bei mir immer alles schiefläuft. Ich hab Mist gebaut, verstehst du? Ich bin ein schlechter Mensch. Mich kannst du zu nichts gebrauchen.»

«Du musst dich nicht immer schlechtmachen», entgegnete Debora. «Du hast doch auch gute Seiten! … Hey, deine Schwester hat dich sicher gern und macht sich Sorgen um dich.»

«Mich, gernhaben? Wer sollte das schon?» Er senkte den Blick.

Ohne zu überlegen, griff Debora nach seiner Hand und hielt sie in ihrer.

Lange Zeit saßen sie so da.

Er ist so besonders, dachte sie. Ganz anders als die anderen Jungs.

So geheimnisvoll. Und so süß. Und so traurig zugleich. Total interessant!

Sie fühlte sich echt zu ihm hingezogen, das musste sie zugeben. Und sie musste sich nun endgültig eingestehen, dass sie ihn mehr als nur mochte.

Aber ein Junge, der eine undurchsichtige Vergangenheit hatte, der vielleicht sogar einen Raubüberfall verübt hatte – das durfte einfach nicht sein.

Auch ihre Geschwister wären total dagegen. Und wie! Wenn die das wüssten …

Debora war innerlich hin- und hergerissen. Ihr Verstand sagte ganz klar: Lass die Finger davon, es hat keine Zukunft, es darf nicht sein. Es ist völlig unmöglich. Eine unmögliche Liebe. Vollkommen ausgeschlossen.

Doch ihre Gefühle sagten etwas ganz anderes. Sie wärmten ihren Bauch von innen, glommen durch ihre Adern, warm und fast schon schmerzlich schön, einfach unwiderstehlich. Es war auf eine beängstigende Art das wundervollste Gefühl, das sie je gehabt hatte in ihrem ganzen Leben.

Und doch …

Plötzlich ging die Tür des Gewächshauses auf, und die Eltern kamen herein.

Überrascht starrten sie Debora und Manuel an, die ziemlich nah beieinander auf der Holzbank saßen und Händchen hielten.

Erschrocken löste sich Debora von ihm. Sie schoss hoch, hastete peinlich berührt an den Eltern vorbei und verzog sich nach oben in ihr Zimmer.

Manuel stand ebenfalls auf. Ohne die Erwachsenen anzublicken, verließ er den Pflanzentunnel, um sich wieder an seine Arbeit im Lager zu machen.

Die Eltern schauten sich sprachlos an.

Gedankenvoll setzte sich Vater auf die Bank.

Mutter blieb stehen. «Und jetzt?»

«Tja», murmelte er. «Tja, tja, tja ... Eigentlich ist der Fall klar. Die SOS-Organisation schreibt klipp und klar vor, was zu tun ist, wenn sich die eigene Tochter in den Pflegejungen verliebt.»

«Ich weiß», seufzte Mutter. «Aber was heißt das nun für uns? Sollen wir ihn wirklich wegschicken? Einfach so von heute auf morgen?»

Herr Kaminski zuckte die Schultern.

«Die Frage ist vielleicht, was unter ‹verliebt› zu verstehen ist», überlegte Mutter. «Ist Debora wirklich in ihn verliebt? Oder handelt es sich eher um einen einzelnen Moment, in dem sie den Jungen – zum Beispiel wegen irgendwas, das vorgefallen ist – trösten wollte?»

Vater schwieg.

«Eins ist klar», meinte Mutter. «Unternehmen müssen wir irgendwas. Aber was genau?»

Er sagte immer noch nichts.

Sie setzte sich neben ihn auf die Bank. «Manuel hat in der kurzen Zeit bei uns schon große Fortschritte gemacht. Er arbeitet in der Blumenhandlung gut mit und ist auch sonst nett und zuvorkommend. Und er beginnt – vielleicht gerade auch wegen Deboras verständnisvoller Art –, sich allmählich ein bisschen zu öffnen.»

«Ja, das stimmt.» Vater nickte nachdenklich. «Dann … warten wir erst mal ab und behalten die Sache im Auge. Manchmal kann man das Leben nicht aufhalten. Aber sobald eine bestimmte Grenze überschritten wird, greifen wir ein.»

«Ganz eindeutig. Die beiden dürfen nie allein in einem Zimmer sein. Weder er bei ihr noch sie bei ihm. Darauf müssen wir uns einfach verlassen können. Das werde ich ihnen auch so sagen. Einverstanden? Problem gelöst?»

«Einverstanden.» Er lächelte. «Problem *hoffentlich* gelöst …»

EL LOKAL

11

Nach dem Essen gingen die Eltern zur Abendvorstellung ins Kino, während Opa in seinem Sessel gemütlich einen spannenden Hörkrimi verfolgte.

Die Kids machten sich bereit für ihre Ermittlungsreise zum EL LOKAL, wo sie das Treffen zwischen Manuel und den zwei jungen Männern beobachten wollten, um endlich herauszufinden, welche Rolle Manuel in der ganzen Geschichte spielte. Sie durften mit Silvia in die Stadt fahren – die Haushälterin traf sich dort mit ein paar Freundinnen. Das hatte den Vorteil, dass die Kinder anschließend gleich wieder mit ihr ins Dorf zurückfahren konnten und so nicht auf den Bus angewiesen waren.

Als sie dann schließlich in der belebten Stadtmitte ankamen, stiegen die Kids in der Gegend des Lokals aus und nahmen Zwockel sofort an die Leine. Im Dröhnen und Hupen vorbeibrausender Autos vereinbarten sie mit Silvia, sich später wieder hier an dieser Stelle zu treffen. Dann winkten sie der Haushälterin beim Wegfahren nach.

«So», sagte Debora unternehmungslustig. «Jetzt wollen wir mal schauen, ob wir diese Bar finden!»

Es war viel einfacher als erwartet. Sie brauchten bloß die angrenzende Gasse entlangzulaufen, und in der nächsten Seitenstraße war das EL LOKAL schon von weitem zu sehen. Über dem Eingang hingen Girlanden mit bunten Glühlämpchen sowie ein großes Schild mit einer aufgehenden Sonne, die von zwei Palmen eingerahmt war. Auf dem Gehsteig standen junge Leute herum oder saßen links und rechts neben der Tür an runden Tischchen im warmen Licht der Abendsonne. Wummernde Musik drang aus dem Innern der Bar nach außen und wurde immer lauter, je näher die Kids kamen.

Zwockel zog an der Leine auf die Kneipe zu.

Doch Simon blieb stehen und schaute auf die Uhr. «Wir haben noch ein bisschen Zeit. Vielleicht sollten wir uns mal kurz die Umgebung ansehen.»

«Gute Idee», meinte Raffi. «Man kann nie wissen, vielleicht sind wir später noch froh, falls Manuel uns plötzlich bemerkt oder sonst was schiefgeht, wenn wir dann einen Fluchtweg oder ein Versteck kennen.»

«Okay, also los!»

Sie gingen an der Bar vorbei, bogen links ab und tauchten in ein Gewirr von Gassen zwischen hohen Häusern ein. Aus offenen Fenstern drang Kindergeschrei, dazwischen das Weinen eines Babys, die Stimme einer Frau, und überall das Gedudel und Gequassel aus Radio- und TV-Geräten.

An der Rückseite des EL LOKAL hielten die Kids an und prägten sich alles genau ein. Hier gab es einen niedrigen Anbau mit Wellblechdach und eine Hintertür, an der Zwockel neugierig schnupperte.

Drei Gassen führten in unterschiedliche Richtungen. Die Kids folgten einer davon, vorbei an dunklen, tiefen Hauseingängen.

Sobald sie um den Block herum waren, wummerte

ihnen wieder die Musik aus der Bar entgegen. Diesmal nahmen sie beim Näherkommen auch die Gegend um den Vordereingang genauer in Augenschein.

Dann stellten sie sich zu den jungen Leuten, die sich vor der Kneipe mit Gläsern in der Hand unterhielten.

Unauffällig trat Debora an eins der Fenster und linste durch die Scheibe ins Lokal hinein.

Drinnen herrschte viel Betrieb. Da wurde getanzt und gelacht und getrunken. Alles schwarzhaarige, braunhäutige Latinos, doch Manuel schien noch nicht da zu sein. Ob er wohl wirklich kommen würde? Hatten sie auf das richtige *Lokal* gesetzt?

Nach einer Weile schlenderte Debora weiter. Simon und Raffi folgten ihr mit Zwockel auf die gegenüberliegende Straßenseite, wo sie sich in den Schatten eines Innenhofs zurückzogen.

Von hier aus hatten sie eine gute Sicht zum Eingang der Bar.

«Wenn wir da reingehen», eröffnete Debora, «fallen wir mit unseren hellen Haaren auf wie bunte Hunde, und Manuel sieht uns sofort.»

«Aber wir müssen rein!», drängte Simon. «Sonst können wir ihn und die zwei Typen nicht belauschen.»

«Ähm ...» Unbehaglich senkte Raffi die Augen. «Mein Haar ist braun, und – vielleicht könnte *ich* ja reingehen», schlug sie tapfer vor. «Ich würde ganz allein gehen, und ihr wartet draußen ...»

Debora schüttelte entschieden den Kopf. «Vergiss es, Raffi! Am ehesten würde es noch bei Simon klappen.» Sie musterte ihren Bruder. «Du hast eine gute Sommerbräune, das würde noch so durchgehen. Aber die blonden Haare ...»

Drüben vor dem Lokal herrschte reges Kommen und

EL LO

Gehen. Die bunten Glühlämpchen über der Tür schienen in der hereinbrechenden Dämmerung immer heller.

Und dann war er plötzlich da. Es ging ganz schnell.

Manuel bog um die Ecke und verschwand ohne Umschweife in der Bar.

«Und was jetzt?», fieberte Raffi.

«Vielleicht klappt's ja damit!» Simon holte aus der Hosentasche sein Käppchen heraus, setzte es auf und zog es sich tief in die Stirn. «Bin ich so genügend latino?»

Debora schob ihm ein paar vorwitzige Strähnen unter den Mützenrand und begann zu lächeln. «Mega latino, hombre!»

«Okay», sagte er. «Wenn irgendwas schiefläuft, schickt mir Zwockel rein!»

Und schon war er weg. Unterwegs zum EL LOKAL.

In der Bar herrschte ein vergnügt beschwingtes, lautes Treiben – Lebensfreude pur.

Gleich nach dem Eingang ließ Simon den Blick durch das schummrige Lokal schweifen. Ihm kam es vor, als hätte er von einem Schritt auf den anderen ein fernes Land betreten. Überall fröhliche, lachende Leute. Das Ganze wirkte wie ein Fest. Mädchen drehten sich im Kreis und hielten sich dabei an den Händen, Paare tanzten mit wiegenden Armbewegungen. Auf der kleinen Bühne spielte eine Live-Band feurige Latino-Musik mit Gitarre, Trommel, Akkordeon und Gesang. In der dicken Luft hingen Gerüche, die Simon an mexikanisches Essen mit Tacos und Chili erinnerten.

In diesem Moment entdeckte er Manuel.

Trotz des Schummerlichts setzte Simon zur Sicherheit noch seine Sonnenbrille auf, damit der Junge ihn nicht gleich auf Anhieb erkennen würde, falls er ihn sah.

Mitten im Gewimmel tanzte Manuel mit einem hübschen dunkelhaarigen Mädchen, das sich dicht an ihn schmiegte. Als ein Lied vorbei war und das nächste angestimmt wurde, löste er sich von ihr. Doch sie lief ihm nach, legte die Arme um seinen Hals und sagte ihm etwas ins Ohr. Danach beugte sie sich zurück und fotografierte ihn mit ihrem Handy.

Erneut löste Manuel sich von ihr, und diesmal ließ sie ihn ziehen. Er drängte sich durch das Gewühl hindurch an die Theke und begrüßte dort zwei junge Männer auf Barhockern.

Simon erkannte die beiden auf den ersten Blick wieder. Der eine mit Kinnbärtchen und Mütze, der andere mit Schramme am Arm – ganz klar die dunkellockigen Typen aus dem Auto.

Sofort suchte er sich einen Weg durch die Menschenmenge, um näher an den Tresen heranzukommen.

Das Gewimmel war mühsam, doch es hatte auch den Vorteil, dass man darin völlig unterging und als Einzelner kaum bemerkt wurde.

So schaffte Simon es schließlich, unerkannt ganz nahe zu Manuel an die Theke zu gelangen. Die Stimmen waren zwangsläufig laut, um die dröhnende Musik zu übertönen. Deshalb konnte Simon die jungen Männer gerade so knapp verstehen.

«Wir brauchen dich noch mal, Manu», sagte der mit

dem Kinnbärtchen eben. «Wir benötigen Kohle. Du weißt, das Leben ist hart.»

«Vergiss es, Raul», antwortete Manuel. «Ich will nichts mehr mit dir und Felipe zu tun haben. Wann begreift ihr zwei das endlich?»

«Nur noch ein einziges Mal!», beharrte Raul. «Ich versprech dir, diesmal wird alles glattgehen.»

«Das habt ihr letztes Mal auch gesagt! Ich sollte bloß draußen Schmiere stehen, und ihr würdet ein bisschen Bier für das Fest an dem Abend klauen. Und was macht ihr? Ihr räumt die Kasse aus und schlagt die Frau nieder, und am Schluss sitzen uns die Bullen im Nacken und suchen die ganze Stadt nach uns ab!»

«Zugegeben, das war nicht vorgesehen», schaltete Felipe sich ein. «Warum musste sich die alte Schachtel auch wehren? Sie hätte uns doch einfach nur die Kohle rüberschieben können, und ich hätte ihr kein Haar gekrümmt.»

«Aber wie gesagt», machte Raul weiter, «nächstes Mal wird nichts mehr passieren. Garantiert. Wir haben einen ausgezeichneten Plan. Dazu brauchen wir aber dich als Fahrer des Fluchtautos. Felipe und ich müssen beide im Laden sein, das kriegt einer allein nicht …»

«Fluchtauto?», unterbrach ihn Manuel.

Raul sah ihm ins Gesicht. «Du kannst doch Auto fahren! Hast ja schon manche Karre geknackt, Amigo!»

«Schon klar, fahren ist kein Problem, aber …»

«Eben. Denn nach dem Raub müssen wir so schnell wie möglich da wegkommen. Darum brauchen wir dich am Steuer, mit laufendem Motor …»

Manuel winkte ab. «Ohne mich. Ich hab vielleicht zum letzten Mal im Leben die Chance, doch noch die Kurve zu erwischen und endlich aus dem ganzen

Schlamassel rauszukommen. Ich krieg vielleicht eine Lehrstelle, und ich hab absolut keine Lust, die wegen euch aufs Spiel zu setzen.»

«Eine Lehrstelle», grinste Felipe. «Und dort kannst du dann den Affen machen für die reichen Pinkel, was?»

«Lass mal, Felipe», wies Raul ihn zurecht und wandte sich ernst an Manuel. «Hör zu, Manu ...» An dieser Stelle wurde die Musik so laut, dass Simon vorübergehend nichts mehr verstand. «... du bekommst hundertpro deinen ganzen Anteil. Das ist genug Geld, um damit nach Santo Domingo zu fliegen und ganz neu anzufangen. Überleg dir das gut. Dort wirst du der Star sein mit der ganzen Kohle!»

Das brachte Manuel sichtlich ins Schlingern. Die Idee klang wirklich verlockend für ihn.

Doch dann schüttelte er den Kopf. «Nein, Raul. Die Sache ist mir zu heiß. Es steht einfach zu viel auf dem Spiel für mich.»

«So, so ...» Plötzlich änderte Raul den Ton. «Glaubst du vielleicht, du kannst dich jetzt so einfach aus dem Staub machen?», fragte er scharf. «Du warst beim letzten Mal auch dabei! Hast du die Fahndungsbilder in der Zeitung gesehen?»

«Ich hab nur Schmiere gestanden», verteidigte sich Manuel. «Euch per Handy zu warnen, wäre das Schlimmste gewesen, was ich getan hätte, falls jemand gekommen wäre.»

«Na, dann beweis das mal!», lächelte Felipe. «Auf den Täterfotos ist ein Typ zu sehen, der dir zum Verwechseln ähnlich sieht. Erzähl mal den Bullen, dass du das nicht gewesen bist!»

«Manu, Manu.» Begütigend legte Raul die Hand auf Manuels Schulter. «Das ist alles kein Problem, Amigo.

Wenn du noch ein einziges Mal mitmachst, verraten wir dich nicht.»

Manuel schüttelte die Hand ab. «Vergiss es.»

Raul und Felipe tauschten einen Blick. Dann rutschten sie von ihren Barhockern und bauten sich bedrohlich vor Manuel auf.

Flucht aus der Bar

12

Draußen vor dem EL LOKAL spähte Debora durchs Fenster in die Bar hinein und konnte Simon in dem wuseligen Treiben an der Theke erkennen. Aufmerksam behielt sie ihn im Auge, damit sie sofort einschreiten konnte, falls irgendwas schieflaufen würde.

Eines der Latino-Mädchen, die vor der Bar ausgelassen quasselten und an Drinks nippten, schlenderte lächelnd herüber, kniete neben Zwockel nieder und streichelte sein Fell. «Du bist aber ein schöner Hund! Wie heißt du denn?»

Während Raffi mit dem Mädchen zu reden begann, sprach ein dunkelhaariger Junge Debora an. «Hey, Chica[1], hast du Lust auf einen Drink? Ich spendier dir einen Caipirinha!»

Debora musste schmunzeln. «Nein, aber trotzdem danke.» Damit wandte sie sich wieder ab und versuchte, nicht allzu auffällig durchs Fenster in das Lokal zu linsen.

«Ach, komm!» Der Junge ließ nicht so leicht locker. «So eine hübsche Chica wie du wird doch nicht ganz alleine hier draußen versauern wollen.»

«Ich versauere nicht», antwortete Debora bereits

---

[1] Ausgesprochen: Tschika.

leicht genervt und dachte: Wie werd ich den Typen nur wieder los?

Freundlich, aber bestimmt versuchte sie, ihn abzuwimmeln. Doch dadurch war sie abgelenkt und behielt nicht mehr ganz im Blickfeld, was drinnen vor sich ging.

Plötzlich rief Raffi: «Debi, sieh doch mal!» Aufgeregt zeigte die Kleine in die Bar. «Oh-oh!»

Erschrocken blickte Debora hinein und erkannte, wie Felipe vor dem Tresen Manuel am Kragen packte.

Kurzentschlossen nahm sie Zwockel die Leine ab und führte den Hund am Halsband zum Eingang der Bar. «Los, Zwockel, geh rein zu Simon. Schnell!»

Der Collie schaute sie kurz an. Dann verschwand er wie der Blitz im Getümmel.

«He, Chica!» Der dunkelhaarige Junge musterte Debora verdutzt. «Was läuft hier eigentlich ab?»

«Nichts», entgegnete sie achselzuckend. «Jedenfalls nichts, was dich etwas anginge.»

Im lebhaften Trubel des Lokals wieselte Zwockel zielstrebig zwischen den vielen Leuten hindurch. Bald erreichte er Simon an der Theke und presste sich winselnd an seine Beine.

Daneben schrie Raul gerade Manuel an: «Und ich dachte, du wärst ein Freund!»

Felipe hielt Manuel mit beiden Händen und begann ihn durchzuschütteln. «Na warte, du wirst schon noch spuren, das schwör ich dir!»

Da gab Simon dem Collie ein Zeichen. Sofort stieg Zwockel an Felipe hoch und knurrte ihn gefährlich an.

«Was soll das?» Der junge Mann ließ Manuel los und musterte den Hund aus schmalen Augen. «He, das ist doch der Köter, der mich im Auto angefallen hat!» Er zeigte auf die verschorfte Schramme an seinem Arm und wandte sich dann feindselig an Simon. «Sag mal, gehört der etwa dir?»

Simon nickte und sah sich sicherheitshalber schon mal nach einem Fluchtweg um. Er hielt es nicht für ratsam, gegen diese zwei stämmigen Typen gleichzeitig anzutreten, da noch dazu rundherum lauter Leute waren, die bestimmt nicht für *ihn* Partei ergreifen würden ...

Auf der Tanzfläche hörten einige auf zu tanzen und schauten aufmerksam herüber.

Nun trat plötzlich Raul vor und versetzte Simon mit einer raschen Bewegung einen Stoß gegen die Brust. Dabei wurde Simons Käppchen vom Kopf gefegt, und sein blondes Haar kam zum Vorschein.

«Was geht hier eigentlich vor?», fauchte Raul. «Was hast du hier zu suchen?»

Das fragte sich neben ihm nun auch Manuel. Er war völlig überrascht, Simon zu sehen. «Schau mal einer an! Was machst du denn hier?»

In diesem Moment griff sich Felipe eine leere Flasche von der Theke. Drohend ging er damit auf Simon los. «So, jetzt wirst du für deinen bissigen Köter büßen!»

«Komm, Zwockel!», rief Simon und schlüpfte blitzschnell in die schmale Diele neben der Theke.

Während er den Flur entlangrannte, warf er einen Blick über die Schulter zurück. Zwockel folgte ihm, doch Felipe und Raul waren dicht dahinter.

Als der Collie zu ihm aufschloss, riss Simon einen Stapel Getränkekisten um. Sie stürzten mit lautem Krachen zu Boden. Klirrend zersplitterten die Flaschen zu tausend scharfen Scherben und versperrten den Verfolgern erst mal den Weg.

Am Ende des Gangs war eine Tür mit der Aufschrift ZUTRITT VERBOTEN. Simon stieß sie auf und schlug sie hinter sich und Zwockel gleich wieder zu.

Plötzlich standen sie im Dunkeln.

Rasch verrammelte der Junge die Tür.

Durch einen Glasbaustein in der Wand fiel ein schwacher Streifen Licht herein und erhellte unter dem Wellblechdach einige Regalfächer mit leeren Flaschen.

Offenbar befanden sie sich in einem Lagerschuppen.

Der ganze Rest des Raums lag in völliger Finsternis.

«Irgendwo muss hier doch ein Lichtschalter sein!» Simon suchte danach, doch auf die Schnelle konnte er keinen finden. Vorsichtig begann er mit ausgestreckten Händen der Wand entlangzutappen.

Von der Diele her näherten sich Schritte. Raul und Felipe hatten anscheinend das scherbenreiche Hindernis überwunden und wollten nun die Tür öffnen.

Als diese nicht nachgab, hämmerten sie gegen das Holz und warfen sich mit voller Wucht dagegen. Es knirschte bedrohlich.

Lange würde das nicht standhalten ...

Zwockel winselte und sah sich hilflos um.

PRIVAT

Hektisch suchte Simon weiter. «Mann, gibt's denn hier keinen Ausgang?!», rief er verzweifelt.

Da hörte er plötzlich aus dem Freien eine dumpfe Stimme. «Simon! Hier ist der Hinterausgang! Hierher!» Debora pochte von der Außenseite gegen die Tür. «Hier sind wir!»

Mit angehaltenem Atem folgte er in der undurchdringlichen Dunkelheit Deboras Geräuschen und kam immer näher darauf zu.

Schließlich stieß er auf etwas Hartes, Flaches. Das musste die Tür sein.

Hastig tastete er nach der Klinke und nach dem Riegel darunter.

Hinter sich hörte er Holz splittern. In wenigen Augenblicken würden Raul und Felipe hereinstürmen, und dann …

Da berührten Simons Finger den Riegel. Mit einem Ruck zog er ihn zur Seite und riss die Tür auf.

Draußen auf dem Gehsteig stand Debora mit Raffi, die vor Aufregung riesige Augen hatte.

«Schnell!», wisperte Debora. «Hier lang!»

Simon und Zwockel schlüpften hinaus in die rötliche Abenddämmerung.

Sie befanden sich in der Straße an der Rückseite des EL LOKAL.

Sofort rannten sie los, wie der Blitz hinter Debora her in eine der drei abzweigenden Gassen hinein.

Als Raffi sich nach einem Geräusch hinter sich umdrehte, stolperte sie über den Randstein und fiel hin.

Schnell rappelte sie sich wieder auf.

Doch dann hielt sie erschrocken inne.

Vor ihr standen wie aus dem Boden gewachsen zwei junge Männer.

Raul und Felipe.

Kids in der Klemme

13

Der Typ mit dem Kinnbärtchen musterte Raffi scharf. «Wo sind sie hin?», fragte Raul. «Du musst sie bestimmt gesehen haben!»

Unwillkürlich blickte Raffi in die Fluchtrichtung.

Doch die Gasse war leer. Niemand zu sehen – zum Glück …

Die Kleine blies unmerklich Luft aus und schaute zur Ablenkung auch noch in die andere Richtung. «Gesehen?», fragte sie dann, als könnte sie kein Wässerchen trüben. «Was denn gesehen?»

In der angrenzenden Straße waren Simon und Debora nur wenige Meter entfernt. Sie standen in einem düsteren Hauseingang und pressten sich mit angehaltenem Atem ins Dunkle. Vorsichtig beugte Simon sich zu Zwockel nieder und flüsterte ihm ins Ohr: «Du musst mucksmäuschenstill sein! Klar?»

Der Collie sah ihn treu an und hechelte ganz leise.

Gleichzeitig versuchte Debora behutsam, die Haustür in ihrem Rücken zu öffnen, doch die war verschlossen.

Den Kids blieb nichts anderes übrig, als an Ort und Stelle zu bleiben und zu hoffen, dass die Verfolger die wenigen Schritte hierher nicht machten und schön drüben beim Lagerschuppen des EL LOKAL bleiben würden …

«Also, raus mit der Sprache!», blaffte Raul dort Raffi an. «Wo sind sie hin?»

«Wer?», fragte sie und versuchte, sich was einfallen zu lassen, um die zwei jungen Männer abzulenken und möglichst von der Verfolgung abzubringen.

«Na, wer wohl?!», stieß Felipe ungehalten hervor. «Natürlich der Typ und der Hund!»

«Ach so ...» Raffi kratzte sich am Kopf. Und dann hatte sie eine Idee. «Ein Hund», begann sie. «War das ein Dackel?»

«Nein, größer!»

«Aha. Ein Pudel?»

«Mann! *Größer*, hab ich gesagt!»

«Ach so!» Die Kleine hob die Hand auf Höhe ihres Zöpfchens. «Etwa so groß wie ich? Ein Bernhardiner!»

«Jetzt reicht's», zischte Raul. «Das hat keinen Zweck mit dir. Lass uns durch!» Er wollte an ihr vorbei.

Doch Raffi ging ihm nicht aus dem Weg. Stattdessen sagte sie: «War's vielleicht ein mittelgroßer Hund mit so langen braun-weißen Haaren?»

Das ließ die beiden noch mal innehalten. «Ja, genau!»

«Dann weiß ich wahrscheinlich, was für einer das gewesen sein könnte! Ein Collie!»

«Also los!» Raul und Felipe tappten ungeduldig mit den Füßen auf den Boden. «Wo? In welche Richtung?»

«Ist doch klar», antwortete Raffi. «Hunde gehen immer in die Richtung, wo die Nase vorne ist, immer der Nase nach! Wisst ihr das denn nicht?»

«Pass auf, Kleine!» Drohend trat Felipe einen Schritt auf sie zu. «Jetzt willst du auch noch frech werden, was?»

Raffi stützte die Hände in die Hüfte. «Ich bin nicht klein ...», murmelte die Kleine.

«Dann rück jetzt endlich mit der Sprache raus!»

«Ja, klar!» Raffi schaute sich um. «Äh … wie sah denn der Junge aus?»

«So, das war's.» Entschlossen schoben sie das Mädchen zur Seite.

Da zeigte sie rasch in eine der beiden falschen Gassen. «Hier lang sind sie, der Typ und der Hund!»

«Na endlich!» Schon rannten die zwei los. «Warum denn nicht gleich so, Mann?!»

«Aber», rief Raffi ihnen hinterher, «dann sind sie umgekehrt! Und danach …», mit unschuldigem Blick deutete sie auf die zweite falsche Gasse, «… sind sie dann da lang geflüchtet!»

Die jungen Männer blieben verwirrt stehen. «Ja, was denn nun?»

«Kommt drauf an», verkündete die Kleine. «Ganz zuletzt sind sie nämlich hier lang gegangen.» Endlich wies sie in die zutreffende Richtung, um zum Schluss doch noch die Wahrheit zu sagen.

Aber Raul und Felipe glaubten ihr inzwischen kein Wort mehr. «Oh Mann», stöhnte Felipe entnervt. «Die sind doch längst über alle Berge.»

Raul nickte. «Ja, sieht wohl ganz so aus.»

Die zwei Männer trotteten zu dem Hintereingang des EL LOKAL zurück, und Raffi atmete erleichtert auf.

Doch vor dem Anbau mit dem Wellblechdach wandte Raul sich noch einmal um. «Vielleicht sind die trotzdem noch in der Nähe», murmelte er. «Ich hab da so ein Gefühl. Lass uns nur noch schnell da nachschauen.» Er zeigte auf die Seitengasse, wo die Kids tatsächlich versteckt waren.

Entschlossen stapfte er los.

Felipe folgte ihm den Bürgersteig entlang. «Na, wenn du meinst. Warum auch nicht?»

Raffis Knie wurden butterweich. «Halt, wartet!», wandte sie verzweifelt ein.

Doch die Männer ließen sich endgültig nicht mehr aufhalten.

Jetzt waren sie bloß noch wenige Schritte von dem Hauseingang entfernt, wo sich Debora und Simon nach wie vor verbargen.

Unmittelbar vor der letzten Mauerkante blieb Raul stehen und spähte wachsam die Gasse entlang.

Dann beugte er sich vor und wollte in den Eingang blicken.

«He!», rief in diesem Moment eine Stimme von hinten.

Manuel trat aus dem Lagerraum des EL LOKAL. «Was treibt ihr denn hier draußen?» Und mit Blick auf Raffi fragte er: «Macht ihr jetzt schon kleine Mädchen fertig?»

Die zwei Männer sahen ihn an.

«Eher umgekehrt», meinte Felipe. «Aber du hast recht, das hat doch keinen Sinn hier. Gehen wir wieder rein.»

Doch Raul war noch nicht überzeugt. «Ich hab trotzdem irgendwie das Gefühl, dass die ganz in der Nähe …»

«Na komm schon», ging Manuel wieder dazwischen. «Lass die Kleine in Ruhe!»

«Um die geht's doch gar nicht», antwortete Raul. «Vergiss die Göre!»

Und misstrauisch spähte er noch einmal die Gasse hoch.

Dann schüttelte er den Kopf. «Na schön», brummte er. «Lassen wir's eben.»

Mit einem ungemütlichen Lächeln legte er Manuel den Arm auf die Schulter. «Mit dir hab ich eh noch ein Wörtchen zu reden, Amigo.»

Die jungen Männer wandten sich um und schlenderten zum Lagerschuppen zurück. Und dann verschwanden sie endlich wieder im Innern der Bar.

Im düsteren Hauseingang ein paar Meter daneben pressten sich Simon und Debora noch immer in den Schatten. Sie waren sich nicht sicher, was sich draußen tat – ob Raul und Felipe noch eine Gefahr für sie waren oder nicht.

Als Schritte näher kamen, hielten die Kids den Atem an. Würden sie jetzt am Ende doch noch entdeckt werden?

Die Schritte setzten aus.

Debora und Simon starrten mit geweiteten Augen nach vorne zum Gehsteig.

Dort erschien an der Mauerkante ein Kopf – von einem Mädchen mit einem Zöpfchen …

«Kuckuck!», rief Raffi. «Ihr könnt rauskommen! Oder wollt ihr noch lange hier rumhängen? Die Luft ist rein. Ja Pingu!»

Erleichtert bliesen die Kids Luft aus.

Zwockel wieselte zu der Kleinen und sprang stürmisch an ihr hoch. Dann rannte er den Bürgersteig entlang und wieder zurück. Nachdem er so lange hatte stillhalten müssen, war er nun kaum mehr zu bremsen.

Debora streckte Raffi schmunzelnd die flache Hand entgegen. «Die beiden Typen hast du aber toll abgelenkt, Schwesterchen! Check!»

Auch Simon klatschte der Kleinen auf die Hand. «Echt super! Ein Wunder, dass du mit einem Dackel angefangen hast und nicht mit einem noch kleineren Hund …»

«Du meinst», grinste Raffi, «mit einem von der Sorte etwa so groß wie ein Meerschweinchen?»

«Genau», lachte Debora. «Ein Meerschweinchen, das man an der Leine draußen Gassi führt!»

Nach einem Blick auf ihre Armbanduhr wurde sie rasch wieder ernst. «Oh-oh, schon so spät! Wir müssen uns beeilen, sonst sind wir nicht rechtzeitig bei Silvia!»

Sofort marschierten die Kids los.

Raffi musste fast rennen, um mit den beiden Größeren Schritt zu halten. «Simon?», fragte sie atemlos. «Hast du in der Bar irgendwas rausgefunden?»

«Und ob!», lächelte er und erzählte das Wichtigste in der geforderten Kürze.

Debora strahlte erleichtert. «Manuel war also doch nicht der Typ, der die Verkäuferin in dem Tankstellenshop niedergeschlagen hat!»

«Nein», erwiderte Simon. «Er hat bloß draußen Schmiere gestanden und konnte nichts dafür. Er dachte, sie würden nur ein paar Flaschen Bier klauen und nicht gleich die ganze Kasse ausräumen – und schon gar nicht die Verkäuferin verletzen.»

«Natürlich ist er trotzdem nicht ganz unschuldig», seufzte Debora. «Er war immerhin dabei. Aber er ist da in was reingezogen worden, das er niemals gewollt hätte.»

«Sobald er nachher heimkommt, sprechen wir mit

ihm», schlug Simon vor. «Es ist höchste Zeit dazu. Seine Freunde planen nämlich einen neuen Überfall …»

«Was?», stießen Debora und Raffi gleichzeitig hervor.

«Ja, und sie wollen, dass Manuel wieder mitmacht!»

Erschrocken sah Debora auf. «Das müssen wir unbedingt verhindern!»

Simon nickte. «Seh ich auch so. Die Frage ist bloß, wie wir das schaffen.»

Die Entscheidung

14

Die Kids waren noch nicht lange zu Hause, als in der Nähe des Kaminski-Hofs ein Auto im Dunkeln anhielt. Am Steuer saß Raul – und auf dem Beifahrersitz Felipe.

Hinter ihnen stieg Manuel aus. Er ging um den Wagen herum und klatschte auf Rauls Hand, die dieser aus dem offenen Fenster streckte.

«Also bis dann, Amigo!», rief Raul. Er ließ den Motor aufheulen, wendete lachend und brauste wieder davon.

In der heraufziehenden Stille eilte Manuel über den Hof zum Haus, trat leise ein und gab sich Mühe, auf der Treppe keinen Lärm zu machen.

Die Kids erwarteten ihn im ersten Stockwerk.

Verblüfft sah er sie an. «Was ...?»

«Pst!» Simon zeigte die Diele entlang und flüsterte: «Silvia ist schon in ihrer Kammer ... Wollen wir in dein Zimmer gehen? Wir müssen reden.»

Manuel nickte. «Das müssen wir hundertpro! Okay, kommt nach oben.»

Leise stiegen die Kinder mit Zwockel ins Dachgeschoss hinauf.

Oben öffnete Manuel seine Tür, ließ alle rein und machte hinter sich wieder zu.

Sofort rollte Zwockel sich auf dem flauschigen Teppich ein und begann vor sich hin zu dösen.

Die Kids setzten sich auf den Fußboden und lehnten ihre Rücken gegen die Wand, während Manuel sich aufs Bett fallen ließ.

Dann trat eine peinliche Stille ein. Niemand wusste, wie beginnen.

«Erst mal», fing Debora schließlich an, «vielen Dank, Manuel, dass du uns vorhin geholfen hast. Nicht auszudenken, wenn uns die zwei Männer entdeckt hätten!»

«Schon okay», antwortete er. «Aber ihr hängt dauernd an mir dran, verfolgt mich die ganze Zeit – was soll das eigentlich? Seid ihr nicht ganz dicht?»

«Schau mal», eröffnete Simon. «Du hast dieselbe Mütze wie die Täter auf den Fahndungsbildern und siehst einem von ihnen auch noch zum Verwechseln ähnlich. Da ist uns doch gar nichts anderes übrig geblieben, als dich abzuchecken. Schließlich wollen wir nicht mit einem Tankstellenräuber unter einem Dach leben, das verstehst du doch sicher.»

Abwartend musterte Manuel ihn. «Und woher willst du wissen, dass ich so eine Mütze habe?»

«Na, ganz einfach», platzte Raffi heraus. «Weil sie da drüben in der Schublade liegt!»

Manuel starrte die Kids aus zusammengekniffenen Augen an. «Ihr habt also mein Zimmer durchsucht.» Er stand auf und ging kopfschüttelnd vor dem Bett auf und ab. «Na, *mein* Zimmer ist es ja eh nicht. Es ist eures, und ihr wollt mich so schnell wie möglich wieder loswerden.»

«Das stimmt nicht», entgegnete Debora. «Wir ... Ich will nicht, dass du weggehst.»

«Am Anfang», gab Simon zu, «wollte ich wirklich, dass du auf der Stelle wieder abhaust. Aber jetzt wissen wir, dass du bei dem Überfall nur Schmiere gestanden hast. Und vorhin, bei dem Lokal, hast du uns echt aus der

Klemme geholfen, das war wirklich stark. Nun sieht die Sache schon ganz anders aus.»

Manuel blieb trotzdem abweisend. «Mischt euch gefälligst nicht in mein Leben ein! Kümmert euch um euren eigenen Kram.»

Er setzte sich auf die Bettkante und schaute ins Leere. «Lange dauert's zum Glück eh nicht mehr. In dem ätzenden Land hier kann ja nur immer alles danebengehen! Noch ein paar Tage, und ich bin weg. Dann hau ich ab.»

«Du tust *was*?» Debora sah ihn erschrocken an.

«Ich steige in einen Flieger und verschwinde nach Santo Domingo zu meiner Mutter. Dort fange ich ein völlig neues Leben an.»

«Was? Und wie willst du das bezahlen?», fragte Debora leise.

«Das geht euch nichts an.»

«Mit seinem Anteil vom nächsten Tankstellenraub», erklärte Simon und suchte Manuels Blick. «Du willst also doch mitmachen …»

«Mir bleibt gar nichts anderes übrig!» Manuel starrte ihn aus dunklen Augen an. «Ich kenne die beiden Typen, die meinen es ernst. Wenn die mich verraten, bin ich geliefert!»

«Aber überleg doch mal», wandte Debora ein. «Wenn du bei dem neuen Raub erwischt wirst, verlierst du alles! Die Chance auf die Lehrstelle, auf die Wohnung, auf ein gutes Leben …»

«Vergiss es. Das Leben hier kann eh nie gut werden. Ich hab's hundertmal versucht, und es gelingt einfach nicht. Jetzt reicht's. Ich fahre zu meiner Mutter, basta. Da gehöre ich hin.»

Debora musterte ihn nachdenklich. «Möchtest du

wirklich zu Leuten, von denen du nicht sicher weißt, ob sie dich mehr lieben als die Leute hier?»

«Was soll das heißen?», brauste er auf. «Willst du damit sagen, dass meine Mutter mich nicht liebt?»

«I-ich», stotterte Debora, «so hab ich's nicht gemeint. Tut mir leid, Manuel ...»

Wieder stand er auf. «Ihr solltet jetzt gehen.»

Er trat zum Fenster und schaute in die schwarze Nacht hinaus. Hinüber zum schwarzen Fluss mit dem schwarzen Wald dahinter. Seine Gedanken gingen in die Ferne. Zu seiner Mutter. Ob sie ihn wirklich liebte? ... Wenn er ehrlich war, ahnte er schon lange, dass da was nicht stimmte. Hätte sie ihn sonst verlassen? Würde sie sich sonst immer am Telefon verleugnen lassen? ... Er war so klein gewesen, als sie nach Lateinamerika gegangen war – so klein, dass er sie im Grunde genommen kaum kannte. Die Bilder von ihr verblassten immer mehr. Er sah sie nur noch auf Fotos vor sich, hatte keine eigene Erinnerung an sie. Aber ... dass sie ihn nicht liebte, nicht ebenso sehr liebte wie er sie ... das zuzugeben, das war schwer. Unheimlich schwer.

Er drehte sich um. Die Wut in seinen Augen war verglommen. «Ihr seid immer noch da», sagte er leise.

«Sind wir.» Simon stand entschlossen auf und ging zu ihm hinüber. «Es tut mir leid, dass ich dich falsch verdächtigt habe. Echt. Kannst du mir vergeben?» Er streckte ihm die Hand hin. «Freunde?»

Einen Moment lang zögerte Manuel. In seinem Blick flackerte etwas. Dann griff er nach Simons Hand und drückte kräftig zu. «Freunde», sagte er. Und sein Lächeln begann wieder einmal die Sonne in seinem Gesicht aufgehen zu lassen ...

Als die Jungs sich wieder hinsetzten, ließ Manuel sich diesmal ebenfalls auf dem Teppichboden nieder. Still streichelte er Zwockels Fell. Der Collie hob kurz den Kopf und döste dann friedlich weiter.

«Dieser Überfall», begann Debora nach einer Weile. «Weißt du ...»

Manuel hob die Hand. «Raul und Felipe verpfeifen mich sonst ... Ich bin's ihnen auch irgendwie schuldig. Sie sind aus demselben Land wie ich, zwei Brüder – ihnen ist es ähnlich gegangen wie mir, nur noch viel schlimmer.»

«Echt?» Raffi sah ihn aufmerksam an. «Noch schlimmer? Kann das denn sein?»

«Ihr Vater hat sie und ihre Mutter geschlagen, vor allem im Suff, und voll war er fast dauernd ... Und die beiden hat keiner da rausgeholt, sie wurden nie in eine Pflegefamilie gebracht. Sie mussten täglich mitansehen, wie ihr Vater zuschlug ... Na ja ... irgendwann sind sie dann halt abgehauen und haben sich selbst über Wasser gehalten, genau wie ich ... Echt, die zwei hatten nie wirklich eine Chance. Sie konnten keine Lehre machen, haben noch nicht mal einen ordentlichen Schulabschluss. Das ist krass. Sie werden keine Arbeit bekommen und keine Familie gründen können – höchstens wenn sie mal eine richtig große Ladenkasse ausräumen ... Also, ich kann die beiden echt nicht im Stich lassen, ich hab zu viel mit ihnen erlebt.»

Simon schüttelte den Kopf. «Das Risiko, dass du

geschnappt wirst, ist viel zu groß. Und zu allem Übel sollst du für die zwei auch noch ein geklautes Auto fahren. So was ist doch extrem gefährlich und eh mit fünfzehn absolut verboten!»

«Abends um diese Zeit ist nicht mehr viel Verkehr in dem Viertel», murmelte Manuel. «Die beiden wollen kurz vor Ladenschluss in die AVIA-Tankstelle rein, wenn am meisten Geld in der Kasse liegt. Und morgen ist Samstag – also nur wenig los abends auf den Straßen am Stadtrand.»

«Trotzdem», wandte Debora besorgt ein. «Mit dieser Tat machst du alles bloß noch schlimmer!»

«Nein, Raul und Felipe haben versprochen, mich danach in Ruhe zu lassen. Nur noch dieses eine Mal, dann bin ich sie endgültig los.»

«Das glaubst du doch selbst nicht», entgegnete Simon. «Immer gibt es noch ein letztes Mal. Wenn du dabei mitmachst, haben sie dich erst recht in der Hand.»

Debora nickte. «Genau. Es wäre das Beste, du würdest zur Polizei gehen und zugeben, dass du letztes Mal Schmiere gestanden hast. Das gäbe bestimmt keine große Strafe, und dann wär's ausgestanden.»

«Die Bullen würden mir kein Wort glauben», erwiderte Manuel. «Wenn ich die Mütze aufhabe, sehe ich Felipe täuschend ähnlich – jeder würde denken, dass ich das bin auf den Fahndungsbildern. Und falls es hart auf hart käme, würde Raul auch hundertpro behaupten, dass *ich* es war. Um seinen Bruder zu schützen.»

Debora setzte sich auf. «Bitte, Manuel, lass die Finger davon … Wenn du dich schon nicht bei der Polizei stellen willst wegen letztem Mal … dann bleib wenigstens bei dem neuen Raub weg. Sonst machst du dir doch alles kaputt. Bitte!»

Lange sagte Manuel nichts. Stumm schaute er ihr in die Augen.

Dann schien er einen Entschluss zu fassen. «Vielleicht hast du recht», murmelte er. «Vielleicht lass ich's doch besser bleiben.» Er lächelte schwach. «Wer weiß, vielleicht klappt's ja diesmal wirklich mit der Lehrstelle. Vielleicht haut ausnahmsweise mal was hin ...»

Sie betrachtete ihn abwartend. «Versprochen?»

«Versprochen», antwortete er leise.

Doch Debora war sich nicht sicher, ob dies wirklich seine endgültige Entscheidung war.

Plötzlich piepste Simons Handy in die Stille hinein. Als er sah, dass Antje anrief, verzog er sich schnell nach unten auf sein Zimmer, um in aller Ruhe mit seiner Freundin sprechen zu können. So bald würde er da bestimmt nicht wieder rauskommen ...

Raffi gähnte müde. Es war ein langer Tag gewesen. Sie stand auf, reckte sich und ging hinunter, die Zähne putzen.

Nur Debora blieb noch bei Manuel, um weiterzureden.

Die beiden hörten nicht, dass unten die Eltern ins Haus traten.

Vater und Mutter kamen in fröhlicher Stimmung vom Kinobesuch heim und wollten noch rasch nach den Kindern sehen.

Raffi fanden sie im Bad, und in der ersten Etage winkte

Simon ihnen mit dem Handy am Ohr aus seinem Zimmer zu. Doch wo war Debora?

Eine ungute Ahnung befiel die Eltern, als sie zum Dachgeschoss hochstiegen.

Sie klopften kurz an und öffneten die Tür.

Manuel und Debora blickten von ihren Plätzen an den beiden gegenüberliegenden Seiten des Zimmers erschrocken auf.

«Das darf aber nicht wahr sein!», sagte Vater. Seine gute Stimmung war im Nu verflogen.

Und Mutter seufzte enttäuscht. «Was hab ich dir gesagt, Debora?»

«Dass ich … dass wir … Aber wir haben doch gar nichts …»

«Wir haben dich gewarnt», stellte Vater fest. «Tut mir leid, aber gemäß den Richtlinien der SOS-Organisation ist jetzt Schluss.»

«Diese blöde SOS-Richtlinie!», rief Debora und stand verzweifelt auf. «Wozu soll die denn überhaupt gut sein?»

«Sie lässt uns keine Wahl. Wenn der Pflegejunge sich nicht an die Regeln hält und du allein mit ihm in einem Zimmer bist, dann bleibt uns nichts anderes übrig, als den Jungen wegzuschicken.» Mit gesenktem Kopf fügte Vater hinzu: «Schade, sehr schade, aber …»

Da konnte Debora die Tränen nicht mehr zurückhalten. «Bitte schickt ihn nicht weg! Es war wirklich nichts, wir haben nur geredet – Raffi und Simon waren bis vor wenigen Minuten auch da.»

Sie schaute Manuel für eine Bestätigung an.

Doch der Junge schaute bloß verschlossen zu Boden. Still und in sich gekehrt saß er da. Er konnte es bereits kommen sehen: Schon wieder, dachte er, werde ich rausgeschmissen. Immer wenn's mir irgendwo zu gefallen anfängt. Es ist immer das Gleiche …

An seiner Stelle redete Debora weiter. «Er hat eine echt harte Zeit hinter sich! Es ist seine letzte Chance – er braucht sie! Ihr könnt doch nicht sein Leben zerstören wegen einer solchen Kleinigkeit. Das wollt ihr doch auch nicht, oder?!»

Vater wandte sich an Manuel. «Und was hast *du* zu dem Ganzen zu sagen?»

Der Junge hob den Blick, wandte ihn aber sofort wieder ab. «Was soll ich schon sagen», murmelte er entmutigt. «Scheint so, als könnte ich nie was richtig machen …»

Mutter legte Vater die Hand auf den Arm. «Wenn die anderen beiden wirklich bis eben hier waren, dann … Wollen wir nicht noch mal ein Auge zudrücken?»

«Und dann noch mal und noch mal? …»

Sie schüttelte den Kopf. «Nein, nur noch ein allerletztes Mal.»

«Wer's glaubt!» Jetzt wurde Vater richtig ärgerlich. «Wenn man androht, dass etwas Folgen hat, muss man sich auch daran halten! Sonst machen wir uns doch selbst zum Narren!»

«Aber», schniefte Debora und wischte sich über ihre feuchten Wangen, «gegen Simons Beziehung zu Antje habt ihr doch auch nichts! Nur weil Manuel zufälligerweise ein Pflegejunge ist, muss das doch nicht heißen, dass er nicht normal mit einem Mädchen reden kann, ohne gleich mehr zu wollen.»

Mutter sah sie mitfühlend an und wandte ihren Blick dann Vater zu.

Es entstand eine lange Pause. Niemand sagte ein einziges Wort.

«Morgen», brummte Vater, «gehen wir ohnehin zu dieser Gesprächsrunde mit den anderen Pflegeeltern der SOS-Lösung.» Nun war er etwas ruhiger. «Dort besprechen wir im Erfahrungsaustausch die Sache hier und hören uns an, was die anderen in so einer Situation machen und was sie uns für Tipps geben. Dann sehen wir weiter.»

Debora atmete auf. Sie ging zu Vater, umarmte ihn und drückte ihr tränenfeuchtes Gesicht gegen seine Brust.

«Wir vertrauen dir», drang seine tiefe Stimme an ihr Ohr. «Und wir geben Manuel vorerst noch mal eine Chance – vorläufig.»

Zwei Kriminalbeamte aus der Stadt

15

Am nächsten Tag um sieben Uhr dreißig in der Frühe klingelte es an der Haustür. Noch ein wenig verschlafen erhoben sich die Kids an diesem strahlend schönen Samstagmorgen vom Frühstückstisch. Weil sie neugierig waren, wer sie zu so früher Stunde besuchte, gingen sie gemeinsam öffnen, während Manuel bereits wieder oben auf seinem Zimmer war.

Draußen standen zwei Männer mittleren Alters.

Beide zeigten Polizeiausweise vor.

Auf einen Schlag waren die Kids hellwach und musterten die Beamten.

Der ältere trug einen Kurzhaarschnitt und einen Anzug mit lose gebundener Krawatte. «Wir ermitteln im Fall des BP-Tankstellenraubs, der vor ein paar Tagen in unserer Stadt begangen wurde», erklärte er. «Ich bin Kommissar Holl, und das hier ist mein Assistent Harry Novak.» Er deutete auf seinen großgewachsenen Kollegen. Dessen weißes T-Shirt spannte über seinen durchtrainierten Muskeln, und unter seiner Lederjacke zeichnete sich ein Pistolenhalfter mit kantigem Inhalt ab. Im Mund hatte er einen Zahnstocher, den er zwischen den Lippen hin und her rollte. «Sind eure Eltern da?»

«Nein», erwiderte Simon. «Die sind unterwegs zu einem SOS-Gesprächstreffen, und danach gehen sie auf eine Blumenausstellung …»

«Sonst ein Erwachsener?» Novak verschob mit der Zunge den Zahnstocher und sah aus fast zwei Metern Höhe herab.

Raffi verbarg sich zur Hälfte hinter ihrem Bruder. Auch Debora war ein bisschen eingeschüchtert von diesen zwei Kriminalbeamten aus der Stadt.

So antwortete wieder Simon. «Es ist keiner da. Silvia hat Opa zu einem Ausflug mit seinen Freunden vom Seniorenklub gefahren.»

Da zog Kommissar Holl sein Handy hervor. «Sind eure Eltern telefonisch erreichbar?»

«Ja, aber worum geht's denn eigentlich?»

«Das erklären wir euch gleich. Wie lautet die Nummer?»

Simon gab ihm die von Vaters Handy.

Holl tippte sie ein. Als die Verbindung stand, stellte er sich kurz vor und fragte dann: «Ist es okay, wenn wir uns im Zusammenhang mit einer Straftat rasch Manuels Zimmer anschauen? … Gut, danke.»

Er klappte das Handy zusammen und steckte es wieder ein. «Die Einwilligung haben wir. Dürfen wir also reinkommen?»

«Natürlich …» Nun waren die Kids noch beklommener. *Im Zusammenhang mit einer Straftat …* Sie traten zur Seite und führten die Beamten ins Wohnzimmer. «Bitte setzen Sie sich.»

«Wir wollen nicht lange stören.» Die beiden Männer nahmen auf der Sofakante Platz. «Es geht um Folgendes», begann der Kommissar. «Aufgrund der Fahndungsfotos und der Täterbeschreibung durch die verletzte Kassiererin können wir davon ausgehen, dass es sich bei den Tätern um ältere Jugendliche handelt. Wir haben inzwischen den Computer sämtliche jungen Männer aus unserer Polizeidatenbank der Vorbestraften raussuchen lassen, auf die die Beschreibung und die besonderen Kennzeichen zutreffen. Und nun überprüfen wir alle der Reihe nach auf ihre Alibis. Diejenigen, die für die Tatzeit keines vorweisen können und für die Tat in Frage kommen, laden wir zur Gegenüberstellung mit der Kassiererin vor.»

Novak ließ seine Lederjacke knirschen, indem er aus der Innentasche ein paar große Fotoabzüge herausholte. «Waren die beiden mal hier auf dem Hof, seit Manuel da ist?»

Die Kids beugten sich vor.

Auf den Bildern waren klar und deutlich Raul und Felipe zu sehen.

«Nein», murmelte Simon. «Nicht, dass ich wüsste.»

«Die zwei», erläuterte Novak, «waren dabei, als Manuel vor ein paar Tagen in der Stadt aufgegriffen wurde. Die werden wir als Nächstes aufsuchen. Und nun würden wir gern kurz mit Manuel sprechen.»

«Erst bringen wir Ihnen noch was zu trinken», sagte Simon beflissen. «Entschuldigen Sie, dass wir nicht gleich dran gedacht haben.»

Bevor die Männer etwas einwenden konnten, verzogen sich die Kids in die Küche und machten die Tür zu.

«Manuel hat doch kein Alibi für die Tatzeit!», flüsterte Simon aufgeregt. «Er hat bei dem Überfall ja Schmiere gestanden und sieht noch dazu sehr ähnlich wie Felipe aus!»

«Das hab ich mir eben auch überlegt!», murmelte Debora, während sie nacheinander zwei Gläser mit Wasser füllte. «Wenn die Verkäuferin ihn sieht, wird sie Manuel bestimmt mit demjenigen verwechseln, der sie niedergeschlagen hat.»

«Stimmt. Sie muss unbedingt *zuerst* Felipe sehen – dann erkennt sie den richtigen Täter.»

«Was?» Raffi war ganz zappelig und guckte zwischen ihrer Schwester und ihrem Bruder hin und her.

«Wir müssen irgendwie verhindern, dass Manuel jetzt mitgenommen wird», erklärte Debora. «Dann holen die Beamten nachher Felipe ab und führen ihn bei der Gegenüberstellung der Kassiererin vor. Und dann kommt alles gut.»

«Genau.» Simon nahm die gefüllten Gläser. «Also los!»

Während Debora leise nach oben schlich, um Manuel zu warnen und an einem unauffälligen Ort irgendwo im Haus zu verstecken, traten Simon und Raffi wieder ins Wohnzimmer.

«Hier, bitte.» Der Junge stellte die Getränke auf den Tisch. «Manuel ist nicht in seinem Zimmer, aber Sie können es sich trotzdem ansehen.»

Die Beamten wechselten einen Blick.

«Er ist nicht hier?», fragte Kommissar Holl mit gerunzelter Stirn. «Das ist aber seltsam. Gemäß dem Sozialpädagogen müsste er jetzt eigentlich da sein. Ich habe mich bei Herrn Jansen extra nach Manuels Anwesenheitszeiten erkundigt.»

Argwöhnisch musterte Novak die Kinder. «Wann habt ihr ihn denn zum letzten Mal gesehen? Ist er etwa abgehauen?»

«Nein, nein», erwiderte Raffi. «Heute war er beim Frühstück dabei. Aber er wollte wie immer nichts essen, wissen Sie, weil er nämlich nie was frühstückt», sprudelte die Kleine heraus, froh darüber, dass sie die Beamten ein wenig aufhalten und dabei trotzdem ehrlich sein konnte. «So früh am Morgen kriegt er nämlich einfach gar keinen Bissen runter», machte sie weiter. «Nicht einen einzigen Bissen, das war bei ihm schon immer so.»

Die Polizisten wirkten allmählich ziemlich genervt. «Ja-ja, ist ja gut. Ist er mit euren Eltern fort?»

Raffi schüttelte den Kopf. «Nein, die wollen da bei dem Treffen lieber unter sich sein und in Ruhe mit den anderen Eltern quatschen und ...»

Novak hob die Hand. «Sag mal, Kleine, bist du immer so eine Quasselstrippe?»

«Öhhh...», hielt Raffi zögernd inne und fügte leicht betreten hinzu: «Ich bin nicht klein ...»

Die Polizisten standen auf. «Wir möchten jetzt gerne einen Blick in Manuels Zimmer werfen.»

«Okay.» Angespannt führte Simon die Beamten zur Diele.

Im ersten Stockwerk hörten Debora und Manuel, wie sich unten Männerstimmen näherten.

PENNE
RIGATE

Rasch schlüpften sie in eine Kammer und zogen die Tür zu.

In dem dunklen, engen Raum musste Debora sich dicht an Manuel drängen, um überhaupt Platz zu finden.

Durch die Berührung war sie wie elektrisiert.

Für einen Moment blieb ihr die Luft weg, und ihr Herz begann wie wild zu pochen.

«Glaubst du», flüsterte Manuel, «die finden uns hier nicht?»

Sie spürte seinen warmen Atem an ihrem Ohr.

«Keine Bange», wisperte sie, obwohl ihr beinahe die Beine wegknickten – nicht aus Angst, sondern wegen was ganz anderem …

«Die werden hier nicht reinschauen», flüsterte sie, als sie sich wieder ein bisschen gefangen hatte. «Die wollen bloß dein Zimmer sehen … Dort werden sie doch nichts finden, oder?»

Er antwortete nicht.

«Oder?», fragte sie noch einmal. Diesmal ängstlicher.

«Kommt drauf an», murmelte er leise. «Die Mütze vielleicht … Aber wahrscheinlich wär das gar nicht so schlimm. Die ist zwar selten, aber ein eindeutiger Beweis ist die nun auch wieder nicht.»

«Gut.» Debora entspannte sich, so gut es ging.

Sie wollte sich jetzt keine Sorgen machen, ob die Beamten im Zimmer etwas finden oder – noch schlimmer – sie beide in diesem Versteck aufstöbern würden …

Sie wollte jetzt einfach nur hier sein. Hier und an keinem anderen Ort auf der ganzen Welt. Mit diesem eigentümlichen, geheimnisvollen Prickeln im Bauch. So schön nahe bei Manuel. Genau hier, und am liebsten nie mehr weggehen …

Unten in der Diele schauten die zwei Kriminalbeamten auf dem Weg zur Treppe beiläufig in die Küche, spähten wie nebenbei in Schränke und abgehende Räume.

Novak schob dazu halb geöffnete Türen auf und schaute sogar im Bad hinter der angelehnten Tür nach.

Simon schluckte leer. Die Polizisten sahen sich offenbar doch mehr an als nur das Dachzimmer …

Natürlich hatte er nicht die geringste Ahnung, wo Debora inzwischen Manuel versteckt hatte.

Irgendwo anders als unter dem Dach, das war klar.

Aber wo?

Das konnte überall sein, im ganzen Haus.

Nicht auszudenken, wenn der Kommissar oder sein Assistent nun auf gut Glück eine Tür aufschieben würden, und Manuel käme dahinter zum Vorschein!

Das wäre nicht nur todpeinlich. Sondern auch äußerst verdächtig. Die Beamten würden den Jungen danach bestimmt gleich noch misstrauischer unter die Lupe nehmen, als sie's ohnehin schon taten.

Es gab nur eins, sagte sich Simon.

Er musste Manuel und Debora da oben warnen.

Also fasste er sich ein Herz.

«Herr Kommissar», eröffnete er laut und deutlich. «Sie wollten doch nur Manuels Zimmer sehen – wieso schauen Sie denn jetzt auch noch in andere Räume und sogar in Schränke hinein?!»

Simon hoffte sehnlich, dass die droben den Wink gehört hatten. Und ihn auch richtig verstanden …

Das gefährliche Versteck

16

Raffi und Simon folgten den zwei Kriminalbeamten mit klopfenden Herzen die Treppe hoch ins erste Stockwerk.

Gleich rechts spähte Novak ungerührt hinter die angelehnte Tür von Simons Zimmer.

Den Kids stockte der Atem. Wenn Manuel hier verborgen war, dann …

Der großgewachsene Assistent brummte etwas und linste ein paar Schritte weiter hinten in Silvias Zimmer, als ob nichts dabei wäre.

Vor der Vorratskammer im Flur blieb er schließlich stehen. «Was ist hinter dieser Tür?»

«Vorräte», antwortete Simon ziemlich kleinlaut. Er konnte sich gut vorstellen, dass Debora genau diese Kammer für das perfekte Versteck gehalten hatte …

«Darf ich mal reinschauen?», fragte der Beamte und rollte seinen Zahnstocher mit lange geübter Technik zum anderen Mundwinkel hinüber.

Kommissar Holl warf seinem Assistenten einen mahnenden Blick zu. Eigentlich waren sie ohne Durchsuchungsbefehl nicht dazu befugt, verschlossene Türen zu öffnen. Aber höflich fragen durfte man ja …

Simon war noch am Abwägen, was er bloß sagen sollte, ohne den Verdacht der Polizisten zu erregen.

Da ging plötzlich die Vorratskammer von selbst auf.

Und seine Schwester Debora trat aus dem dunklen, engen Raum heraus.

Alle starrten sie überrascht an.

Sie hob bloß die Schultern und deutete mit dem Kinn auf die Lebensmittel in ihren Armen. «Fürs Mittagessen», sagte sie leichthin.

«So-so.» Novak versuchte schnell an ihr vorbei einen Blick in die Kammer zu werfen.

Doch Debora schob die Tür vor seiner Nase zu.

«Ähm», machte Simon rasch, «Manuels Zimmer ist oben unter dem Dach.» Er zeigte zur Treppe. «Hier lang.»

Die Beamten schauten sich vielsagend an, dann schlenderten sie zögernd weiter.

Erleichtert atmeten die Kids auf.

Doch plötzlich drehte sich Novak wieder um. «Ich seh mir jetzt diese Vorratskammer an!» Entschlossen ging er zurück. «Alles, was recht ist, aber ich lass mich doch nicht für blöd verkaufen.»

«Nein!», wandte der Kommissar ein. «Das ist gegen die Vorschriften!»

Doch es war schon zu spät.

Der Assistent hatte bereits die Kammertür erreicht und zog sie nun mit einem Ruck auf.

Raffi und Simon hielten die Luft an.

Die Vorratsregale in dem dunklen Raum waren voll von Nudeln, Mehl- und Zuckerbeuteln, Dosen mit Ravioli, Erbsen und Gläsern mit eingemachtem Obst und Gemüse … Da waren auch noch viele weitere Nahrungsmittel. Von oben bis unten. Doch in der ganzen Kammer war kein Mensch drin.

Von Manuel nicht die geringste Spur. Kein Hauch weit und breit.

«Und?», fragte der Kommissar seinen Assistenten vom Fuß der Treppe aus.

Novak schüttelte den Kopf. «Nichts.» Er kam zum Kommissar herüber und murmelte: «Aber hier stimmt trotzdem was nicht, und zwar dicke.»

Holl nickte unmerklich. Er sah das genauso, doch ihm waren ohne richterlichen Beschluss die Hände gebunden.

Nun stiegen die beiden Polizisten zu Manuels Dachzimmer hoch.

Angespannt blieben die Kids dicht hinter ihnen. Simon versuchte durch einen Blickwechsel mit Debora herauszufinden, wo Manuel verborgen war, doch sie schüttelte bloß unmerklich den Kopf. Die Gefahr war ihr zu groß, dass die Männer ein Zeichen von ihr mitbekommen könnten und dadurch das Versteck rauskriegen würden …

Oben traten die Kriminalbeamten in Manuels Zimmer und schauten sich aufmerksam um. Eingehend ließen sie ihre Blicke über die Einrichtung schweifen, über das Bett und den Nachttisch, die Kommode und den Schrank. Ihnen entging keine Einzelheit.

Schließlich untersuchten sie den Inhalt des Kleiderschranks.

Novaks Lederjacke machte erneut ihr unangenehmes Knirschgeräusch, als er die Fahndungsbilder wieder aus seiner Innentasche zog.

Sorgfältig verglichen die Polizisten Manuels Kleider mit denen auf den großen Fotoabzügen.

«Nichts Verdächtiges dabei», brummte Holl nach einer Weile.

Novak nickte. «Die Klamotten könnte er natürlich in der Zwischenzeit längst entsorgt haben.»

«Klar, das könnte er», meinte Holl und schob mit seinem Kugelschreiber einen Stapel Socken zur Seite. «Was haben wir denn hier?»

Mit Hilfe des Stiftes zupfte er die hellgraue Mütze aus der Schublade hervor.

«Sieh mal einer an!» Novak hob das eine Foto vor sein Gesicht und betrachtete darauf die Mütze des Täters aus nächster Nähe. «Könnte dieselbe sein!»

«Das ist doch schon mal was.» Lächelnd legte Holl das Käppchen zurück, holte sein Notizbuch hervor und kritzelte etwas hinein. «Okay», sagte er dann zufrieden. «Das wär's. Gehen wir.»

Auf dem Weg nach unten wandte sich der Kommissar an die Kids. «Manuel soll sich bei uns melden. Wir suchen jetzt noch die anderen Verdächtigen auf, aber er steht trotzdem weiterhin ganz oben auf unserer Liste.»

«In Ordnung», antwortete Simon und atmete innerlich durch. Es sah ganz danach aus, als hätten sie's erst mal geschafft. Die Polizisten waren auf dem Rückzug, ohne Manuel gefunden zu haben.

Aus dem Augenwinkel stellte Simon fest, dass Raffi und Debora ebenfalls erleichtert waren.

Puh, das war knapp gewesen …

Da blieb Novak im ersten Stockwerk vor dem Mädchenzimmer stehen. «Diesen Raum haben wir noch nicht gesehen. Dürfen wir mal?»

Den Kids setzte der Herzschlag aus. Hier drin war Manuel, da waren sie sich vollkommen sicher. Hundertprozentig. Es gab gar keine andere Möglichkeit.

Bevor sie etwas sagen konnten, schob Novak bereits die angelehnte Tür auf.

Raffi bemerkte auf den ersten Blick, dass drinnen Deboras Bettdecke viel weiter hinabhing als sonst. Fast bis zum Boden. Als würde sich jemand dahinter unter dem Bett verstecken … Raffis Beine wurden ganz weich. Sie klappte beinah zusammen. Wenn die Männer jetzt reingehen und die Decke anheben, ist es gelaufen …

In diesem Moment stellte sich Debora dem Beamten in den Weg. «Das ist ein Mädchenzimmer», erklärte sie, die Hände in die Hüften gestützt. «Da drin haben Männer nichts verloren.»

Novak überhörte das und spähte über sie hinweg in den Raum hinein.

Doch der Kommissar legte ihm die Hand auf die Schulter. «Lass gut sein, Harry.»

«Nur eine Sekunde», erwiderte Novak. «Ich mach jede Wette, dass der da drin ist!»

«Komm jetzt», entgegnete Holl in bestimmtem Ton und zog seinen Assistenten am Ärmel. «Regeln sind Regeln, und die sind nun mal dazu da, um sie einzuhalten.»

«Schon», murrte Novak.

Dann gab er endlich widerstrebend nach.

«Ich stimme dir ja zu», erklärte der Kommissar auf der Treppe nach unten. «Manuel steht unter Verdacht. Der Computer hat ihn ausgespuckt, und man kann den Jungen bislang nicht als Täter ausschließen. Aber wir haben nun mal nicht genügend Beweise für einen Durchsuchungsbefehl, so wie die Dinge im Moment liegen.»

Im Rücken der Männer blickten sich die Kids wortlos an und wischten sich den Schweiß von der Stirn …

Im Erdgeschoss klopfte Kommissar Holl seinem Assistenten auf die Schulter und brummte: «Hol schon mal den Wagen, Harry.»

Novak lächelte gezwungen. Den Spruch hörte er nicht zum ersten Mal …

Während er mit einem Nicken verschwand, verabschiedete sich Holl in aller Ruhe von den Kids, indem er jedem von ihnen die Hand schüttelte. Dann ging auch er.

Nachdem die Haustür hinter ihm zugefallen war, huschten die Kinder ans Fenster und sahen zu, wie der schwarze BMW vom Hof fuhr.

Erst jetzt wagten sie es, endlich richtig durchzuatmen.

«Mann o Mann», seufzte Simon geschafft.

Und Raffi hauchte tonlos: «Ja Pingu …»

Derweil verlor Debora keine Zeit und rief in der Diele vom Treppenende aus nach oben: «Manuel, du kannst runterkommen! Sie sind weg!»

Etwas zerknittert erschien der Junge gleich darauf bei den Kids. «Das ist ja grade noch mal gutgegangen!», grinste er. «Ich wär unter dem Bett beinah erstickt. Wenn die mich da erwischt hätten …»

«Jetzt musst du dich aber fertig machen!», drängte

Debora mit Blick auf ihre Uhr. «Der Sozialpädagoge wird gleich hier sein!»

«Der? Wieso kommt Jansen denn schon wieder?», fragte Simon.

«Er holt mich ab», antwortete Manuel. «Wir fahren noch mal zu einer der Wohn- und Ausbildungsstätten raus. Der Lehrmeister dort will mich noch mal sehen, weil er mich offenbar ganz okay fand und sich vorstellen könnte, mich zu nehmen.»

«Hey!», strahlte Raffi über alle Backen. «Das ist ja eine super Nachricht!»

«Ist es!» Auf Manuels Gesicht breitete sich sein strahlendes Lächeln aus.

Simon öffnete die Haustür und trat hinaus. «Ich schau schon mal, ob Jansen ...» Plötzlich blieb er wie angewurzelt stehen.

Vor ihm auf der Treppe stand jemand. Anzug, Krawatte, Kurzhaarschnitt: Kommissar Holl.

«Das gibt's ja nicht!», entfuhr es Simon. Und rasch fügte er hinzu, um die anderen zu warnen: «Sie schon wieder, Herr Kommissar!»

Doch Simon war sich ziemlich sicher, dass die Warnung wohl leider zu spät kam ...

Böse Überraschung

17

Kommissar Holl betrachtete Simon ungerührt und murmelte: «Tja, was ich noch vergessen habe …»

Simon hatte das beklemmende Gefühl im Rücken, Manuel trete jeden Moment aus dem Haus. Aber weil hinter ihm keine Schritte und auch sonst keine Geräusche zu hören waren, stieg seine Hoffnung wieder ein wenig.

Da beugte sich der Polizist vor, um an ihm vorbei durch die offene Tür in den Flur zu spähen.

Sogleich sackte Simon das Herz in die Hose. Jetzt ist es geschehen, dachte er …

Doch zu seiner Überraschung schüttelte der Kommissar bloß den Kopf. «Nichts», brummte er und blickte den Jungen dann ernst an. «Ich begreife zwar nicht, warum ihr Manuel deckt, aber dass ihr es tut, ist ziemlich offensichtlich. Du musst einfach eins wissen …» Mit ausgestrecktem Zeigefinger tippte er Simon gegen die Brust. «Es ist strafbar, die Polizei in der Ausübung einer Amtshandlung zu behindern. Wenn Manuel uns deswegen entkommt, hat das für euch ernste Folgen. Raub ist schließlich ein schweres Delikt.»

Simon war so verwirrt, dass ihm auf Anhieb keine gescheite Antwort einfiel. Es passte ihm gar nicht, dass ihre Versteckaktion von den Kriminalbeamten anscheinend durchschaut worden war. Doch ihr Hauptziel, Manuel vor der Gegenüberstellung zu bewahren, hatten sie bis jetzt immerhin erreicht. Bis jetzt ...

Kommissar Holl zog aus der Innentasche seiner Anzugjacke ein Kärtchen heraus und gab es Simon. «Hier, meine Handynummer, falls euch doch noch was einfällt. Du kannst mich jederzeit erreichen.»

Ohne ein weiteres Wort drehte er sich um. Im Davonschlendern holte der Beamte sein Mobiltelefon heraus, wählte eine Kurznummer und sagte: «Harry, bring schon mal den Wagen.»

Der schwarze BMW kam im Rückwärtsgang um die Ecke über den Hof zurück und hielt vor dem Haus an.

Mit offenem Mund beobachtete Simon, wie der Kommissar einstieg und das Auto schon losfuhr, als die Beifahrertür noch nicht mal ganz zu war.

Die Kinder besprachen im Wohnzimmer die Lage. Während Debora, Simon und Manuel rund um das niedrige Tischchen saßen, stand Raffi am Fenster und behielt den Vorplatz im Auge. Falls die Polizisten noch ein drittes Mal auftauchen sollten, würde das den Kids mit Sicherheit nicht mehr entgehen ...

«Und jetzt?» Simon sah Manuel fragend an. «Die kommen wieder, und wir können dich nicht hundert Mal verstecken.»

«Es gibt nur noch einen Ausweg», murmelte Manuel niedergeschlagen. «Mir bleibt wieder mal nichts anderes übrig, als abzuhauen und unterzutauchen ...»

«Nein!», rief Debora verzweifelt. «Es muss doch eine andere Möglichkeit geben!»

«Schön wär's», meinte Manuel. «Aber ich bin das ja gewohnt ... Früher oder später ist es immer so weit, dass ich türmen muss. Immer.»

«Aber wenn du das tust», wandte Simon ein, «was ist dann mit deiner Lehrstelle?»

«Die kann ich dann natürlich auch vergessen», antwortete Manuel traurig. «Als Hauptverdächtiger – keine Chance, dass mir irgendjemand auch nur ein Wort glaubt, geschweige denn eine Stelle gibt.»

«Achtung», meldete Raffi am Fenster. «Da kommt wer!» Sie stellte sich auf die Zehenspitzen und reckte den Hals. «Es ist der Sozial-Mann!»

Debora blickte Manuel eindringlich an. «Wir finden eine Lösung, ganz bestimmt! Bitte mach keine Dummheit!» Sie legte ihre Hand auf seinen Arm. «Bitte!»

Der Junge schaute ihr wortlos in die Augen.

Dann stand er auf, zog seine Jacke über und verließ das Haus.

Manuel war noch immer unterwegs, als auf dem Kaminski-Hof gegen Abend das Telefon klingelte.

Simon hob in der Diele den Hörer des alten schwarzen Wandapparates ab. «Ach, hallo, Herr Kommissar», grüßte er überrascht.

Die Mädchen musterten ihn gespannt, während er mit dem Kriminalbeamten sprach.

Als Simon endlich auflegte, fragte Raffi neugierig: «Und? Was hat er gesagt?»

«Keine guten Neuigkeiten», antwortete der Junge. «Sie haben Raul und Felipe nicht finden können. Sie würden die beiden zwar weiterhin suchen, sagt Holl, doch zuvor kämen sie morgen nochmals hierher, um Manuel abzuholen. Er solle sich gefälligst zur Verfügung halten.»

Debora legte die Stirn in tiefe Sorgenfalten. «Das ist gar nicht gut. Jetzt muss Manuel trotzdem als Erster zur Gegenüberstellung, und die Verkäuferin wird ihn als Täter ansehen.»

Simon nickte. «Ja, und er kann sich auch nicht mehr vor den Kripobeamten verstecken. Wenn sie angemeldet kommen und seine Anwesenheit im Voraus verlangt haben, dann muss er da sein.» Er nagte an der Lippe. «Die Beamten sollten unbedingt Raul und Felipe noch vor ihm befragen, aber dazu müssten sie die zwei erst mal finden.»

«Okay», meinte Raffi, «und warum sagen wir den Polizisten dann nicht einfach, wo sie Raul und Felipe finden können?»

«Hey, stimmt ja!» Debora schaute die Kleine aufgeregt an. «Manuel hat uns doch erzählt, wann und wo die beiden ihren nächsten Raub planen!»

«Klar!» Raffis Augen leuchteten. «Aber was genau hat er gleich noch mal gesagt?»

«Warte mal, warte mal …» Simon hielt sich die Hand vor die Augen, um sich besser konzentrieren zu können. «Samstagabend, wenig Verkehr am Stadtrand», begann er, und eine weitere Einzelheit fiel ihm wieder ein: «Kurz vor Ladenschluss, weil da die Kasse voll ist …»

«Heute Nacht zwischen neun und zehn!», fasste

Debora erhitzt zusammen. «Und welche Tankstelle war es? Erinnerst du dich?»

«Die AVIA!»

«Richtig! Klasse, das ist alles, was der Kommissar wissen muss – er hat ja gesagt, wir sollten uns melden, wenn uns noch was einfällt!»

«Genau!» Simon holte das Kärtchen hervor, das ihm der Kriminalbeamte gegeben hatte. «Ich ruf ihn gleich an!»

Angespannt wählte er die Nummer, hielt sich den Hörer ans Ohr und lauschte.

«Besetzt», sagte er. «Ich versuch's nachher noch mal.»

In diesem Moment ging die Haustür auf. Opa und Silvia traten ein und begrüßten die Kids gut gelaunt.

Während Silvia nach oben in ihre Kammer ging, tastete sich Opa den Flur entlang zu seinem Zimmer.

Debora folgte ihm. «Opa, kann ich dich kurz was fragen?»

«Aber sicher», schmunzelte der alte Mann. «Du kannst mich auch lang was fragen. Für euch hab ich doch immer Zeit!»

Debora schloss in Opas Zimmer die Tür und wartete, bis er sich auf seinem Lehnstuhl neben dem Tannenholzschrank niedergelassen hatte. Dann setzte sie sich auf die Kante des Doppelbetts und schob die Federdecke mit dem blau-weiß gewürfelten Leinenbezug ein Stück zurück.

«Nun, mein Kind», brummte Großvater freundlich, «was hast du denn auf dem Herzen?»

«Na ja, vielleicht ist das eine blöde Frage», begann sie zögernd. «Aber ... Opa, kann man für jemanden beten, der selber nicht an Gott glaubt? Zum Beispiel dafür, dass er eine Lehrstelle bekommt?»

Der alte Mann hob den Kopf. «Woher willst du denn wissen, dass Manuel nicht an Gott glaubt?»

«Von ihm selbst. Er hat gesagt, Gott gebe es nicht, und wenn doch, dann wäre er brutal, genau wie sein Vater, der nie da sei, wenn man ihn brauche.»

«Das kann ich gut verstehen», murmelte Opa. «Manuel hat so viel Enttäuschendes mit Menschen erlebt – da ist es kein Wunder, dass er die Schuld dafür Gott gibt, obwohl es die Menschen betrifft.»

«Schon, aber trotzdem», hakte Debora nach. «Nützen denn Gebete für ihn, wenn er selbst gar nicht dran glaubt?»

«Aber selbstverständlich. Gott lässt die Sonne über allen scheinen – über den Armen und den Reichen, über denen, die an ihn glauben, und denen, die das nicht tun. Die Frage ist bloß, ob man die Sonnenstrahlen auch in sein Herz reinlassen will oder nicht. Das muss jeder für sich entscheiden. Dazu braucht Manuel wie jeder andere Mensch keine einzige Vorbedingung zu erfüllen – Gott liebt ihn genau so, wie er ist.»

Aufmunternd zwinkerte er in ihre Richtung. «Natürlich kannst du für Manuel beten, Debora. Jederzeit.»

«Okay ...» Also begann sie gleich damit. Still bat sie um einen guten Ausbildungsplatz, an dem es dem Jungen wirklich super gefiele, und dass nun die Wende in seinem Leben käme, die er sich so sehnlichst wünschte.

Eine Weile lang schwiegen danach beide.

In die Stille hinein piepste plötzlich Deboras Handy. Sie holte es hervor und sah nach.

Es war eine SMS-Nachricht. Von Manuel.

Muss nun trotzdem bei Raul mitmachen. Habe keine Wahl. Tut mir leid, bitte glaub mir, ich bin nicht schuld. Bitte verzeih mir. Dein Manuel

Im ersten Moment konnte Debora kaum glauben, was sie da las. Das durfte doch nicht wahr sein.

Aber es war so. Die Buchstaben standen da, schwarz auf weiß.

Na super, dachte sie bitter. So viel zum Thema «Beten hilft». Klasse. Echt toll.

Eine Welle der Enttäuschung überflutete sie.

Dann riss sie sich zusammen und zwang sich, wieder klar zu denken.

Sie musste mit ihm sprechen. Sofort.

Hastig wählte sie Manuels Nummer.

Es klingelte.

Aber er ging nicht ran.

Nach dem fünften Klingeln ertönte eine elektronische Stimme. «Bitte rufen Sie später wieder an.»

«Was ist denn?», fragte Opa mit besorgtem Unterton.

«Nichts …» Hektisch versuchte sie es erneut, und danach gleich noch mal. Doch ständig kam immer nur diese nervende Durchsage.

Klar, überlegte Debora, Manuel hat das Handy bestimmt ausgeschaltet – er konnte sich ja schließlich denken, dass sie ihn sonst um jeden Preis zu überreden versuchen würde, bei dem Raub nicht mitzumachen. Und das wollte er ganz offensichtlich nicht hören.

In diesem Augenblick klopfte es an der Tür.

«Nur immer herein!», rief Opa.

Simon und Raffi öffneten.

«Es hat geklappt!», strahlte die Kleine.

«Was hat geklappt?»

«Ich hab den Kommissar erreicht!», erklärte Simon. «Und er ist auf unseren Tipp eingestiegen. Die Polizisten gehen heute Nacht zur Tankstelle, da können sie die Täter gleich auf frischer Tat schnappen!»

«Die Sache ist nur», murmelte Debora blass, «dass Manuel auch dabei sein wird ...»

«Was?» Simon starrte sie an.

Sie hielt ihm ihr Handy entgegen. «Das hier hat er vorhin geschickt.»

«Aber ... was machen wir denn jetzt?», fragte Raffi, den Tränen nahe.

Für Simon war der Fall klar. «Manuel kann ja nicht wissen, dass wir die Polizei benachrichtigt haben. Wir müssen ihn unbedingt warnen und davon abhalten, bei dem Überfall mitzumachen.»

«Ja, aber wie?», stieß Debora verzweifelt hervor. «Ich versuche ja schon die ganze Zeit, ihn zu erreichen, aber es geht nicht.»

«Dann fahren wir eben in die Stadt!»

«Na, na, na», brummte Großvater. «Das lasst ihr mal besser bleiben.»

«Aber Opa, dann wird Manuel doch verhaftet und alles ist aus! Seine Lehrstelle, sein ganzes Leben, alles!»

«Trotzdem. Das wäre viel zu gefährlich.»

«Bitte!» Debora sah ihn flehentlich an. «Wir passen auch gut auf!»

«Ich glaube dir gern, dass du das vorhast. Aber wenn's dann so weit ist …» Er räusperte sich und überlegte. «Hmmm … Es bräuchte eine Aufsichtsperson. Wenn jemand dabei wäre, der Acht gäbe, dass ihr wirklich keine Dummheiten macht, dann …»

«Ja, aber wer?», fragte Simon. «Mutter und Vater würden's eh nicht erlauben! Außerdem sind sie ja bis spät auf dieser Blumenausstellung.»

«Ich denke auch nicht an eure Eltern», erklärte Großvater. «Eher an eine noch ältere Person, jemand mit viel Lebenserfahrung …»

«Opa!», rief Raffi. «Du meinst doch nicht etwa …»

Simon schaute den alten Mann aufgeregt an. «Du kommst mit? Das würdest du für uns tun?»

«Na ja, genau genommen nicht für euch, sondern für Manuel … Aber ihr müsst mir versprechen, dass ihr euch wirklich auf nichts Gefährliches einlasst.»

«Versprochen! Du bist echt ein Superopa!» Debora drückte ihm stürmisch einen Kuss auf die Wange.

«Holla», schmunzelte Großvater.

«Ja, wirklich toll!», bestätigte Simon. «Aber wie schaffen wir's noch rechtzeitig dahin? Der Bus fährt nicht so oft um diese Zeit.»

Opa lächelte. «Vielleicht hat Silvia Lust auf eine abendliche Ausfahrt. Sie hat mich ja heute schon mal herumkutschiert. Nur geht's diesmal nicht auf einen Rentnerausflug …»

Herzflattern

18

Die Dämmerung brach bereits herein, als die Kids in Silvias VW-Kombi unterwegs in die Stadt waren.

Zwockel saß wie immer hinten im Laderaum, die Kinder teilten sich die Rückbank, und Opa hatte vorne auf dem Beifahrersitz Platz genommen.

Obwohl der alte Mann so gut wie nichts mehr sehen konnte, lag ein geheimnisvolles Lächeln auf seinem Gesicht – fast nicht wahrnehmbar, wie ein verborgenes Strahlen.

Während der Fahrt in die Stadt schrieb Simon den Eltern eine SMS-Nachricht für den Fall, dass sie schon vor ihnen heimkämen und ein leeres Haus vorfinden würden:

> Macht euch keine Sorgen, wir haben in der Stadt was zu erledigen ...

Debora versuchte noch immer alle paar Minuten, Manuel auf dem Handy zu erreichen. Doch sie hatte weiterhin keinen Erfolg damit – sein Telefon war nach wie vor ausgeschaltet.

Raffi beugte sich nach vorne. «Schaffen wir's noch rechtzeitig?», fragte sie angespannt.

«Wenn nichts dazwischenkommt, sollte es reichen», murmelte Debora neben ihr. «Wir wissen ja auch nicht ganz genau, wann der Überfall beginnt. Sicher ist nur, dass es kurz vor Ladenschluss sein soll.»

«Mannomann», bibberte Raffi. «Wenn das bloß gutgeht!»

Sie war nicht die Einzige in dem Auto, die vor Aufregung kaum noch ruhig sitzen konnte …

Wie ein feuerroter Ball versank die Sonne endgültig am Horizont, und die dunkle Nacht senkte sich über die Landschaft.

Doch die AVIA-Tankstelle lag im grellen Licht der Straßenlaternen am Rand eines kleinen Waldstücks an der Stadtgrenze. Eine geschwungene Zufahrt führte zu den Zapfsäulen, die in drei Bahnen angeordnet waren, und mündete anschließend am Forststreifen entlang wieder in die Ausfallstraße.

Im Schatten auf der abgewandten Seite des Gebäudes parkte ein weißer Lieferwagen. Er trug die Aufschrift REINIGUNGEN BAUER. Doch in seinem Innern befanden sich keine Putzmittel. Ganz im Gegenteil.

Auf Klapphockern saßen sich sechs Männer gegenüber: Kommissar Holl und sein großgewachsener Assistent Novak, der einen knallgelben BAUER-Arbeitsanzug der Reinigungsfirma trug, sowie vier Beamte in schwarzer Uniform mit Helm, kugelsicheren Westen und Waffengürteln mit Pistole, Munition und allem Drum und Dran.

Novak schob seinen Zahnstocher mit der Zunge zum anderen Mundwinkel hinüber.

Gleichzeitig begann der Kommissar mit der Einsatzbesprechung. «Wir haben die Verkäuferin im Laden ausgewechselt», erklärte er. «Da ist jetzt eine Frau von uns an der Kasse, eine Polizistin in Zivil.»

Alle nickten.

«Zum Ablauf», eröffnete Holl ruhig und besonnen. «Wenn die Verdächtigen eintreffen und wie erwartet den Inhalt der Kasse verlangen, müsst ihr unbedingt abwarten, bis die Täter mit der Beute den Laden verlassen. Wir brauchen das als Beweis für den Überfall – sonst könnten sie nachher behaupten, sie hätten bloß einen Scherz gemacht, als sie die Verkäuferin zur Herausgabe des Geldes aufforderten. Also auf keinen Fall zu früh eingreifen! Ist das klar?»

Wieder nickten alle.

«Gut. Dann haltet euch für euren Einsatz bereit. Es kann jeden Moment losgehen.»

Am Steuer eines alten grauen Volvos fuhr Manuel durch die nächtlichen Straßen der Stadt. Er wandte den Kopf zu Raul, der neben ihm saß, und fragte: «Wo habt ihr denn diese Karre aufgetrieben?»

«Ach, auf einem Langzeitparkplatz. Die wird so schnell keiner vermissen. Und dann sind wir ja eh längst über alle Berge.»

Manuel suchte im Rückspiegel das Gesicht von Felipe, der hinten auf der Sitzbank herumhing. «Und was ist denn nun euer großartiger Superplan? Weshalb genau kann diesmal nichts schiefgehen?»

«Mach dir mal nicht gleich in die Hose, Amigo, ja?», lästerte Felipe. Er wirkte nicht die Bohne nervös. Eher aufgedreht. So als müsste er gleich raus aufs Spielfeld und wollte unbedingt schon in der ersten Minute ein Tor schießen.

«Wir haben alles gut ausgecheckt», antwortete Raul an seiner Stelle. «Auch die möglichen Fluchtwege – selbst wenn was passiert, was ja sowieso nicht der Fall sein wird, könnten wir zur Hintertür raus. Nur zur Sicherheit.»

«Und das ist schon alles?» Manuel konnte es kaum glauben. «Das ist der ganze Wahnsinns-Spezialplan?»

«Nein, nein», lächelte Raul. «Das Wichtigste kommt noch, Manu. In diesem Shop gibt's keine Kameras. Das ist eine alte Tankstelle, die nur draußen Überwachungskameras auf die Tanksäulen gerichtet hat. Drinnen ist keine einzige. Klasse, nicht?!»

«Umwerfend, Alter», murmelte Manuel nicht sehr beeindruckt.

«Das Allerwichtigste, Amigo», warf Felipe von hinten ein, «hat er natürlich wie immer vergessen.»

Manuel drehte kurz den Kopf zu ihm um. «Und das wäre?»

«Da drin in dem Laden ist eine ganz junge Verkäuferin an der Kasse», grinste Felipe. «Die ist frisch von der Stange und hat keine Ahnung, wie man mit so was umgeht. Du wirst sehen, die rückt das Geld wie von selbst raus, weil sie zu Tode erschrickt, wenn sie uns sieht und wir mit unserer Show loslegen!»

«Show?», fragte Manuel in den Rückspiegel.

«Na, mit unseren Kapuzen auf und allem Drum und Dran!» Felipe vollführte mit beiden Händen Schießbewegungen wie die Gangsta-Rapper in den Musikvideos, als wäre er mit zwei dicken Kanonen ausgestattet.

Raul lachte und blickte Manuel mit rollenden Augen an. «Er übertreibt wieder mal volle Pulle!»

Das, dachte Manuel, kann man bloß hoffen …

Silvia trat auf die Bremse und rollte langsam auf die taghell beleuchtete Tankstelle zu.

«Ich denke, ich parke am besten gleich hier.» Sie lenkte den Kombi an der gegenüberliegenden Straßenseite in eine Parkbucht.

«Okay.» Simon öffnete die Tür, kaum dass der Wagen stillstand.

Doch bevor die Kids rauskonnten, nahm Opa ihnen noch einmal das Versprechen ab, auf keinen Fall etwas Gefährliches zu wagen.

Sie versprachen ihm, sehr vorsichtig zu sein.

«Gut, ich verlasse mich auf euch», brummte Großvater. «Silvia und ich werden hier warten. Wenn was ist, könnt ihr jederzeit herkommen und uns um Hilfe oder Rat fragen.»

«In Ordnung!» Raffi platzte fast vor lauter Tatendrang.

Nun stiegen die Kids aus und eilten nach hinten, um Zwockel rauszulassen. Aufgeregt sprang der Collie auf den Gehsteig hinab.

Auf der Straße herrschte um diese Zeit wie erwartet nicht mehr viel Verkehr.

Da es weit und breit keinen Fußgängerstreifen gab,

warteten die Kinder ab, bis aus beiden Richtungen kein Auto mehr kam, was gar nicht lange dauerte. Dann rannten sie mit Zwockel über die Fahrbahn auf die andere Seite.

Drüben näherten sie sich der Tankstelle und musterten dabei aufmerksam die Umgebung.

Am Ende der letzten Zapfsäulenreihe befand sich eine halbhohe Mauer.

Unauffällig schlenderten die Kids darauf zu, gingen dahinter in Deckung und schauten sich um.

Es sah ganz so aus, als hätte niemand sie beobachtet. In der Gegend war kein Mensch unterwegs.

Dafür fiel ihnen im Schatten des Tankstellengebäudes ein weißer Lieferwagen mit der Werbe-Aufschrift einer Reinigungsfirma auf.

Das Fahrzeug schwankte leicht.

Plötzlich gingen die Hecktüren auf, und ein großer Mann in einem gelben BAUER-Arbeitsanzug stieg aus.

«Irgendwie kommt mir der Typ bekannt vor», murmelte Simon.

«Mir auch», bestätigte Debora. «Aber woher bloß?»

Als der Mann auf einem Zahnstocher herumzukauen begann, dämmerte es Raffi. «Hey, das ist doch der Helfer von dem Kommissar!»

«Genau!» Simon schaute sie erhitzt an. «Dieser weiße Lieferwagen muss ein Polizeifahrzeug sein. Der trägt nur zur Tarnung eine Firmenaufschrift! Da sind bestimmt noch mehr Polizisten drin!»

Der großgewachsene Mann im gelben Anzug blickte sich vor dem Tankstellen-Shop in alle Richtungen um und verschwand dann schnell in dem Laden.

«Oh-oh, seht mal da drüben …»

«Was ist, Raffi?»

Die Kleine zeigte zur Einfahrt des Geländes. Dort hielt eben ein alter grauer Volvo an.

Am Steuer saß Manuel.

Prüfend sah sich der Junge um. Natürlich konnte er nicht ahnen, dass hier ganz in der Nähe jemand auf der Lauer lag.

Und schon gar nicht, dass die Polizei bereits eine Falle aufgebaut hatte. Die Beamten brauchten sie bloß noch zuschnappen zu lassen …

Manuel ließ den Motor laufen, während er den Wagen am Rand der Einfahrt zum Stehen brachte.

«Also, Manu», sagte Raul, «du lässt uns hier raus und fährst nachher da rüber zur Ausfahrt, so dass wir anschließend ohne Umweg direkt auf die Schnellstraße einbiegen können.»

Wortlos nickte Manuel.

Raul und Felipe griffen sich oben in ihre Shirts und hoben die Anhänger-Figuren ihrer Halskettchen an die Lippen.

«Hey», murmelte Manuel, «was sind das eigentlich für Dinger, die ihr da vor jedem Bruch küsst?»

«Das sind keine Dinger, das ist der heilige Dominikus!» Felipe starrte aus funkelnden Augen nach vorne. «Der Schutzpatron unseres Landes, der Dominikanischen Republik!»

«Ja», fügte Raul schmunzelnd hinzu, um die angespannte Stimmung etwas zu entschärfen, «und darüber hinaus auch noch der Schutzpatron der fälschlich Angeklagten.»

«Fälschlich angeklagt», lächelte Manuel. «Das ist gut. Der Kracher des Tages!»

«Echt. Kein Scherz.» Raul öffnete die Tür und schaute ihn von der Seite an. «Also, alles klar?»

«Ja. Alles klar.» Manuel versuchte, so gut es ging, seine Nervosität zu verbergen.

«Okay. Bis gleich.» Raul und Felipe stiegen aus.

Auf dem Gehweg klatschten sie sich auf die Hände.

Dann gingen sie ohne Eile auf den Tankstellen-Shop zu. Sie hatten ja schon eine gewisse Übung …

Das flache Gebäude lag im grellen Licht der vielen Straßenlaternen. In dem beleuchteten Laden war durch das Schaufenster die Frau hinter der Kasse zu sehen. Sonst sah das Geschäft menschenleer aus …

Manuel gab sachte Gas und steuerte den alten Volvo ganz außen herum an den Zapfsäulen vorbei, um nicht von den Kameras erfasst zu werden.

Am Ende der Ausfahrt bremste er ab und blieb im Wagen sitzen.

Der Motor brummte ruhig im Leerlauf vor sich hin.

Manuel selbst war alles andere als ruhig. Er holte tief Luft und versuchte, gleichmäßig zu atmen. Doch das wollte ihm einfach nicht gelingen. Er hatte echt das Herzflattern. Die Gedanken rasten durch seinen Kopf wie auf einer Achterbahn. Wenn irgendwas schiefginge, dachte er, wenn Felipe wieder ausflippen würde und wieder zuschlagen oder was noch Schlimmeres tun würde, oder wenn irgendwas anderes passieren würde, an das vorher keiner gedacht hatte …

Wieder atmete er tief durch und presste die Luft bis weit in den Bauch hinunter.

Doch es nützte alles nichts.

Er wurde den einen Gedanken nicht los, diesen einen Gedanken: In den nächsten Minuten könnte sich seine ganze Zukunft entscheiden …

Raul drückte die Ladentür auf und betrat mit seinem Bruder das Geschäft.

Zunächst steuerten die beiden schnurstracks auf die Kasse zu.

Doch als sie die Verkäuferin sahen, blieben sie wie angewurzelt zwischen zwei hohen Regalen stehen.

«Das ist nicht die Richtige!», zischte Felipe durch seine zusammengebissenen Zähne.

Raul nickte und schaute sich um. «Da stimmt was nicht», murmelte er leise. «Lass uns abhauen!»

«Ach komm, jetzt sind wir schon so weit», drängte Felipe. «Die Tussi an der Kasse bring ich schon dazu, das Geld rauszurücken, verlass dich drauf.»

Wieder schaute Raul sich um.

Da er nichts Außergewöhnliches entdecken konnte, entschied er schließlich: «Okay, wir warten einen Moment, ob irgendwas Verdächtiges passiert. Beim geringsten Anzeichen sind wir weg.»

Hinter der Kasse reckte die Verkäuferin den Hals und spähte um die Ecke zu ihnen hinüber, um zu prüfen, was die zwei da zwischen den Gestellen machten.

Verständlich, dachte Raul, die Frau hatte ja keine Überwachungskamera für so was zur Verfügung …

Also ruhig Blut bewahren. Noch war alles im grünen Bereich.

Erst mal galt es, einfach nicht aufzufallen.

Gemächlich schlenderte er deshalb zur Kühltruhe hinüber.

Sein Bruder folgte ihm.

Beide begannen, die Ware in der Truhe ausgiebig zu besichtigen.

Ihr Interesse für Eiskrem und gefrorene Gemüsemischungen schien riesig zu sein.

Zwischendurch blickte Raul auf seine Uhr.

Noch genau eine Minute, beschloss er. Wenn bis dahin nichts Ungewöhnliches geschehen wird, geht es los. Dann werden wir das Ding hier durchziehen.

Raubüberfall

19

Debora huschte auf ihrem Weg zum alten Volvo ganz nahe am Waldstreifen entlang, um vom Polizei-Lieferwagen aus nicht gesehen zu werden.

Als sie am Ende der Ausfahrt bei dem parkenden Wagen ankam und ans Fahrerfenster klopfte, zuckte Manuel am Steuer zu Tode erschrocken zusammen.

Aus geweiteten Augen starrte er sie an. Dann endlich kurbelte er die Scheibe hinunter. «Was machst du denn hier?»

«Das erklär ich dir später! Komm jetzt erst mal so schnell wie möglich weg von hier!»

«Ich kann nicht! Raul hat mich zum Mitmachen gezwungen, sonst verpfeift er mich!»

«Das wird er schön bleiben lassen – der geht bestimmt nicht zur Polizei, sonst verrät er sich ja selbst!»

«Das ist es ja gerade, er hat sich inzwischen was noch Fieseres ausgedacht!», presste Manuel hervor. «Er will nicht der Polizei, sondern meinem zukünftigen Lehrmeister erzählen, dass ich bei dem letzten Raub dabei war! Und dann ist alles aus!»

«Nein, genau umgekehrt – wenn du hierbleibst, ist alles aus!» Sie zeigte zur Tankstelle hinüber. «Siehst du das Dach des weißen Lieferwagens, der da hinter dem Gebäude steht?»

«Ja. Was ist damit?»

«Der ist von der Polizei. Einer der Beamten ist sogar schon im Laden drin versteckt!»

«Was?» Bleich riss Manuel sein Handy heraus und schaltete es an. «Ich muss sofort Raul warnen!»

«Tu das nicht! Dadurch wirst du doch mitschuldig! Die können später auf Rauls Handy rausfinden, wer ihn wann angerufen hat, und dann bist du dran!»

Manuel zögerte.

Er war hin- und hergerissen. Seine Vernunft sagte ihm, das Handy einzustecken und auf der Stelle abzuhauen – aber andererseits hatte er seinen Kumpels versprochen, sie im Notfall zu warnen. «Ich kann sie doch nicht einfach im Stich lassen!»

«Doch, sonst musst du deine Lehrstelle vergessen, und das ist viel schlimmer! Die beiden kümmern sich ja auch nicht drum, was für dich gut oder schlecht ist. Sonst hätten sie dich hier nicht zum Mitmachen gezwungen.»

«Trotzdem … Ich …» Er konnte sich einfach nicht entscheiden.

«Komm, wir verstecken uns irgendwo!», flehte Debora eindringlich und legte ihre Hand auf seinen Arm. «Bitte komm mit. Mir zuliebe …»

Unschlüssig blickte er sie aus seinen dunklen Augen an. Was für eine schwere Entscheidung!

Im nächtlichen Lagerraum des Tankstellen-Shops linste Kriminalassistent Novak durch den Spalt der

angelehnten Tür in den hell erleuchteten Verkaufsraum hinüber. Angespannt beobachtete der Beamte, was Raul und Felipe taten.

Anscheinend hatten die beiden noch nie so was wie eine Kühltruhe gesehen. Sonst würden sie wohl kaum wie angewachsen davorstehen und endlos die gefrorenen Köstlichkeiten bewundern …

Nervös kaute er auf seinem Zahnstocher herum.

Dann schob er den Ärmel seines gelben BAUER-Arbeitsanzugs ein wenig zurück und flüsterte in das Funk-Mikrofon an seinem Handgelenk: «Sie begaffen schon eine ganze Weile die Eiskrem … Die neue Kassiererin haben sie offenbar geschluckt, sonst wären sie nicht mehr hier.»

Er wartete ab. Wechselte den Zahnstocher zur anderen Seite.

Plötzlich straffte sich sein Körper.

Raul und Felipe wandten sich von der Kühltruhe ab, zogen ihre Kapuzen tief ins Gesicht und marschierten entschlossen los.

Behutsam hob Novak sein Handgelenk vor die Lippen. «Achtung», wisperte er aufgeregt ins Mikro. «Sie gehen zur Kasse!»

Im Polizei-Lieferwagen nickte Kommissar Holl den Einsatzbeamten in den schwarzen Uniformen zu. «Okay. Es geht los.»

Leise stiegen die Männer mit den Helmen und den kugelsicheren Westen aus.

Je zwei Beamte huschten um das Gebäude herum und postierten sich links und rechts des Ausgangs. Dort duckten sie sich nieder, so dass man sie von innen durchs Schaufenster unmöglich sehen konnte.

Drinnen hatten Raul und Felipe im Moment ohnehin anderes zu tun, als die Aussicht durch die Scheibe zu genießen.

Während Raul in drohender Haltung vor der Kasse stand, ging Felipe um die Theke herum auf die Verkäuferin zu und zischte: «Los, her mit dem Geld! Mach schon, mach schon!»

Die Kassiererin zuckte heftig zusammen. Es wirkte ganz echt.

Mit aufgerissenen Augen starrte sie die beiden Kapuzenmänner an.

«Was ist?», schrie Felipe sie an. «Worauf wartest du? Wir haben nicht den ganzen Tag Zeit!»

Da öffnete sie die Kasse und raffte mit zitternden Fingern die Banknoten zusammen.

Über Felipes Gesicht huschte ein Lächeln, und er warf Raul einen siegessicheren Blick zu.

Der bekam das allerdings gar nicht recht mit, denn er schaute sich gerade wieder misstrauisch um. Irgendwie gefiel ihm die Sache nicht. Ihm ging das alles ein bisschen zu leicht …

Inzwischen hielt Felipe eine gebrauchte Warenhaus-Plastiktüte vor die Brust der Verkäuferin. «Schmeiß die Kohle hier rein! Los, los, los!»

Die Frau warf mit fahrigen Handbewegungen die Geldbündel hinein, wobei auch ein paar Scheine danebenfielen. Beflissen bückte sie sich und klaubte die Banknoten vom Boden auf.

Als sie sich wieder aufrichtete, hatte sich Felipe bereits abgewandt und hastete mit seinem Bruder zwischen den Regalen davon.

Hinter der angelehnten Tür im Lagerraum flüsterte Novak in sein Handgelenk-Mikro: «Sie haben das Geld und rennen zum Ausgang! Sie kommen!»

In seinem Ohrclip hörte er Kommissar Holls Stimme: «Achtung, an alle: Zugriff!»

Die getarnte Kassiererin hatte ebenfalls einen winzigen Funkstecker im Ohr und vernahm Holls Befehl klar und deutlich.

Geistesgegenwärtig beugte sie sich vor und drückte unter der Theke auf einen Knopf. Dadurch wurde der Ausgang des Shops sofort automatisch verriegelt.

In diesem Moment erreichten die Flüchtenden die Tür, und Raul zog am Griff.

Als sie nicht aufging, rüttelte er heftig daran.

«Das ist eine Falle!», rief er.

Gehetzt sahen sich die beiden um.

Hinter der Kasse fasste die Beamtin unter ihre Arbeitsschürze, zog ihre Dienstwaffe und richtete die Pistole auf die Täter. «Hände hoch und gegen die Wand stellen!», sagte sie erstaunlich ruhig.

Sie tastete mit der anderen Hand nach dem Knopf unter dem Tresen und wollte damit den Ausgang wieder entriegeln, um ihre Kollegen vom Einsatzteam hereinzulassen.

Doch plötzlich hasteten Raul und Felipe völlig überraschend quer durch das Geschäft zu der Seitentür, die zum Lager führte.

Dort nahm Novak seinen Zahnstocher aus dem Mund und schleuderte ihn weg, als er die beiden Männer auf sich zustürmen sah.

Sie warfen die Tür auf, und er stellte sich ihnen mitten in den Weg. «Halt, Polizei!»

Er zog seine Waffe, doch da drängten sich die zwei Kapuzenträger auf beiden Seiten an ihm vorüber.

Reflexartig griff er nach einem von ihnen und kriegte ihn zu fassen.

Während er den jungen Mann mit dem Kinnbärtchen festhielt und ihm beide Arme auf den Rücken drehte, rannte der andere durch den Raum weiter.

Da kam die Kassiererin herangehastet und rief ihm hinterher: «Halt! Stehen bleiben!»

Doch er war schon beim Hinterausgang. Felipe schloss auf, zog den Schlüssel ab und hetzte mit der Geldtüte hinaus.

Draußen schlug er die Tür zu und verschloss sie mit dem Schlüssel, bevor die Polizistin gegen den versperrten Ausgang prallte.

Die Beamten hatten keine Chance.

Felipe war ihnen entwischt.

Im weißen Einsatzwagen rief Kommissar Holl ins Mikrofon: «Was ist da drin los? Was geht da in dem Laden vor?»

«Einen hab ich», keuchte Assistent Novak über Funk. «Der andere ist hintenraus getürmt!»

«An alle!», gab Holl hektisch an seine Leute durch. «Sofort zur Rückseite des Gebäudes! Ein Täter flüchtet! Verfolgung aufnehmen und ergreifen!»

Der Kommissar hechtete durch den Innenraum des getarnten Fahrzeugs, stieß die Türen auf und sprang hinaus.

Hinter der Tankstelle waren Simon, Raffi und Zwockel bereits Felipe auf den Fersen.

Der Flüchtende hatte in diesem Moment einen ziemlich großen Vorsprung.

Doch als er den kleinen Hang zum Wäldchen hochkraxelte, fiel ihm die Geldtüte aus der Hand. Er kehrte um und holte sie sich wieder, wodurch er etwas Zeit verlor.

Zwockel rückte ihm dichter auf die Pelle, und auch die Kids kamen ihm ein ganzes Stück näher.

Am Rand des Waldstreifens drängte sich Felipe durch das Buschwerk und stürmte dann durch das Gehölz auf das Fluchtauto am Ende der Ausfahrt zu.

Gehetzt blickte er sich im Laufen um – die Verfolger hatten keine Chance, ihn noch einzuholen, dachte er, dafür war er viel zu schnell, das würden die nie und nimmer schaffen, gleich wäre er da und …

Er brach durch das Dickicht, trat auf die Fahrbahn hinaus und erreichte mit wenigen Schritten den alten Volvo.

Schon wollte er sich auf den Rücksitz werfen, als er merkte, dass etwas nicht stimmte.

Der Wagen wirkte leer.

Am Steuer saß … niemand.

Der Motor war abgestellt.

Von Manuel weit und breit keine Spur.

Hastig umrundete Felipe den Wagen und riss die Fahrertür auf. Er kauerte sich auf dem Gehsteig daneben nieder und griff nach den Kabeln, die seit dem Autodiebstahl auf dem Langzeitparkplatz lose unter dem Lenkrad hinabhingen.

Mit zitternden Fingern führte er je zwei Spitzen zusammen.

Beim zweiten Versuch begannen Funken zu sprühen.

Der Anlasser fauchte.

Zögernd fing der Motor an zu stottern. Dann setzte er wieder aus.

«Komm schon, komm schon!», zischte Felipe zwischen den Zähnen hindurch und versuchte es verzweifelt weiter, während seine Verfolger immer näher kamen.

Am Ende des Wäldchens schlüpfte Zwockel aus dem Gestrüpp heraus und hechelte auf das Fluchtauto zu.

Wenige Meter dahinter zwängte sich Simon auf die Straße hinaus.

Was danach geschah, spielte sich für ihn wie in Zeitlupe ab.

Aus dem Augenwinkel bemerkte Simon eine Bewegung neben sich auf der Fahrbahn. Etwas Helles kam ins Bild, ein VW-Kombi, der die Ausfahrt entlang auf den alten Volvo zuraste.

Dort war Zwockel jetzt ganz nah an Felipe dran.

Der Volvo-Motor sprang an, und Felipe warf sich auf den Fahrersitz.

Als der Collie nach dem Flüchtenden schnappte, wollte dieser gerade die Tür zuschlagen und Vollgas geben.

Doch da schleuderte der herannahende VW-Kombi quer vor den Volvo und blieb unmittelbar davor stehen.

Felipe konnte nicht losfahren. Der Weg war ihm nun versperrt.

Von hinten stürmten Kommissar Holl und seine Einsatzbeamten auf der Ausfahrt heran.

«Runter!», schrie Holl. «Ihr da in dem Kombi! Köpfe runter! Vielleicht sind Schusswaffen im Spiel!»

Im VW legte Silvia die Hand auf Opas Kopf und drückte ihn sanft nieder. Dann tauchte sie selbst in die Tiefe. So kauerten beide geduckt in ihren Sitzen und warteten mit klopfenden Herzen ab.

Wenige Meter daneben, an der Fahrertür des Volvos, verbiss sich Zwockel in Felipes Shirt. Verzweifelt versuchte der junge Mann sich loszumachen, doch es gelang ihm nicht.

Während Simon und hinter ihm auch Raffi auf das Fluchtauto zurannten, rief Holl in ihrem Rücken: «Bleibt von dem Wagen weg! Geht nicht ins Schussfeld!»

Der Stimme des Kommissars war anzuhören, wie ernst er es meinte.

Trotzdem hielt Simon nicht an. Er dachte bloß, dass Manuel nie was von Waffen erwähnt hatte … Und dann ging plötzlich alles sehr schnell. Die Zeitlupe löste sich auf und verkehrte sich ins pure Gegenteil. Simon konnte seine angefangenen Gedanken nicht mal mehr zu Ende denken.

Er erreichte den Volvo, drängte sich an Zwockel vorbei und packte Felipe.

Daneben ließ der Hund das Shirt los.

Dann kam Kommissar Holl keuchend an.

Metall klimperte.

Unsanft wurde Simon zur Seite geschoben. An ihm vorbei drückten zwei Hände Felipes Oberkörper nach vorne gegen das Lenkrad, rissen ihm die Arme auf den Rücken, und schon klickten Handschellen.

«Sie sind festgenommen», klärte der Kommissar Felipe auf. «Wegen Raubüberfalls und des Verdachts auf weitere Straftaten nehme ich Sie in Haft!»

Felipe konnte sich nicht von der Stelle rühren.

Er schaute erst Simon an und senkte danach den Blick auf Zwockel. «Ihr schon wieder …», murmelte er matt.

Dann ließ er erschöpft den Kopf sinken.

Aus der Schusslinie

20

Die Kids verfolgten, noch immer etwas außer Atem, wie die Einsatzbeamten Felipe die nächtliche Fahrbahn entlang zum Tankstellengebäude abführten. Dort wurde er zusammen mit Raul in den getarnten weißen Polizei-Lieferwagen gesteckt.

Neugierig schaute Raffi den Kommissar an. «Und was passiert jetzt mit den zwei Räubern?»

Holl kratzte sich am Kinn und blickte zu Novak hinüber, der mit einem Notizbuch in der Hand bei Silvia und Opa im Licht einer Straßenlaterne stand und die beiden befragte.

Der Kripo-Assistent hatte inzwischen den knallgelben Arbeitsanzug abgestreift und wieder seine knautschige Lederjacke übergeworfen. Und in seinem Mund steckte ein frischer Zahnstocher. Offenbar hatte er immer Nachschub bei sich. Für Notfälle. Wie etwa den, dass er mal in der Hitze des Gefechts einen wegschmeißen musste …

«Bis zur Gerichtsverhandlung», antwortete der Kommissar auf Raffis Frage, «bleiben die zwei Täter jetzt erst mal in Untersuchungshaft. Ich bin zwar nicht der Richter, aber ich denke, insgesamt müssen die beiden aufgrund ihrer Vorstrafen mit vier bis fünf Jahren Gefängnis rechnen.»

«Das ist eine lange Zeit», murmelte Raffi.

Der Kommissar nickte. «Ja, das ist eine lange Zeit. Aber sie haben auch schwere Straftaten verübt. Aber jetzt was anderes, Leute», fuhr er fort. «Wir sind wirklich dankbar, dass ihr uns geholfen habt. Doch dass ihr gleich so aktiv in das Geschehen eingreift, hätte auch ins Auge gehen können. Der Telefonanruf alleine war schon Hilfe genug. Vielen Dank.»

Unter der Laterne klappte Assistent Novak das Notizbuch zu und schaute Opa und Silvia auffordernd an. «Sie werden mit den Kindern noch auf die Wache kommen müssen, um die Aussagen zu protokollieren und zu unterzeichnen.»

«In Ordnung», brummte Großvater.

Dann führte ihn Silvia am Arm zu den Kids hinüber, wo sich alle von den Polizisten verabschiedeten.

Gemeinsam warteten sie, bis der Kommissar und sein Assistent eingestiegen waren und losfuhren.

Während die Kids dem wegbrausenden Wagen hinterherschauten, knackte es plötzlich im Gehölz. Nach einer Weile tauchten aus dem Wäldchen zwei Gestalten auf.

In der Dunkelheit kamen Debora und Manuel Händchen haltend angeschlendert.

«Da seid ihr ja!», schmunzelte Simon. «Ich hab mich schon gefragt, wo ihr euch die ganze Zeit versteckt habt.»

Manuel blickte ihn und die Mädchen dankbar an. «Wenn ihr nicht gewesen wärt, dann …»

«Keine Ursache!», wehrte Raffi ab und tätschelte Zwockels Fell. «*Er* hier ist der wahre Held!» Und rasch fügte sie mit blitzenden Augen hinzu: «Und natürlich auch Silvia und Opa. Ohne sie hätten wir den Täter niemals erwischt!»

Als sie später auf den nächtlichen Kaminski-Hof zurückkamen, waren die Eltern schon zu Hause.

Sie warteten im Wohnzimmer und sahen die Heimkehrenden forschend an.

Manuel wirkte ziemlich geschafft und hielt sich schweigend im Hintergrund.

Nachdem die Kids mit tatkräftiger Hilfe von Opa und Silvia die Ereignisse des Abends geschildert hatten, meinte Mutter blass: «Ich glaub, mir wird ganz anders …»

Und Vater seufzte: «Das gibt's ja nicht!» Kopfschüttelnd blickte er Opa an. «Und du hast dich wirklich runtergeduckt wie in den Kriminalfilmen? So nach dem Motto: Achtung, alle Mann aus der Schusslinie?»

«Na klar», schmunzelte Großvater. «War echt aufregend!»

«Nicht auszudenken, wenn tatsächlich geschossen worden wäre …», schauderte es Mutter. Sie wandte sich streng an Opa. «Was hast du dir überhaupt dabei gedacht? Bist du immer noch nicht alt genug, um den Kindern so was Unvernünftiges zu verbieten?»

Der alte Mann hob die Schultern. «Sieht so aus, als würden vielleicht noch ein paar Jährchen fehlen …»

Silvia hielt sich die Hand vor den Mund, weil sie übers ganze Gesicht grinste und sich schrecklich beherrschen musste, um nicht laut loszulachen.

Das steckte die Kinder natürlich an.

Als Erste begann Raffi zu kichern, und dann konnten sich auch die anderen nicht mehr zurückhalten.

Schließlich löste sich die ganze Anspannung der letzten Stunden in einem schallenden Gelächter auf, das selbst vor Vater und zuletzt auch vor Mutter nicht Halt machte. Alle stimmten erleichtert mit ein.

Als am nächsten Mittag die ganze Familie in der Küche um den Sonntagsbraten versammelt war, gab Manuel beim Tischlied zwar die Hände, sang aber nach wie vor nicht mit.

Natürlich waren noch immer die Erlebnisse der vergangenen Nacht der Gesprächsinhalt Nummer eins.

«Ich find's toll», mampfte Raffi mit vollem Mund, «dass Opa und Silvia den Flüchtenden aufgehalten haben, damit er seine gerechte Strafe bekommt!»

«Raffi! Nicht schmatzen!»

«Offen gestanden», brummte Opa, nachdem er runtergeschluckt hatte, «hab ich's nicht in erster Linie deswegen getan.»

Simon sah ihn fragend an. «Nein? Sondern?»

«Für Manuel», antwortete Großvater. «Hätte dieser Felipe nämlich die Flucht geschafft, wäre er als Nächstes bestimmt wieder bei Manuel aufgekreuzt und hätte ihn in irgendwas reingezogen … Und um das zu verhindern, hat sich der Einsatz gelohnt.»

Manuel senkte den Blick. Was der alte Mann und

seine Freunde hier für ihn getan hatten, berührte ihn wie kaum etwas anderes in seinem Leben zuvor.

Er konnte nicht verhindern, dass eine Träne in seinen Augenwinkel trat.

Doch rasch blinzelte er sie wieder weg. Ein Latino-Mann weint schließlich nicht …

Raffi wandte sich an Manuel, als wäre nichts gewesen. «Wie läuft's nun eigentlich mit der Lehrstelle? Kriegst du sie jetzt?»

Er schüttelte den Kopf. «Leider nein.»

«Oooch …»

Sowohl die Kids als auch die Eltern konnten ihre Enttäuschung kaum verbergen. Schade, dachten sie. Wär ja auch zu schön gewesen …

Doch dann begann Manuel zu lächeln. «Aber nächsten Sommer kriege ich sie.»

«Was? Jetzt kapier ich gar nichts mehr!»

«Es ist ganz einfach», erklärte der Junge. «In dem Ausbildungsbetrieb ist ein Platz für ein Praktikum frei, damit beginne ich in ein paar Tagen. Und wenn alles gut läuft, kann ich nächstes Jahr dort mit der Lehre anfangen.»

«Das ist ja super!», riefen Simon und Raffi gleichzeitig.

Und Debora schickte einen stillen Dank zum Himmel – nun war ihr Gebet offenbar doch noch in Erfüllung gegangen, obwohl es anfangs ganz und gar nicht danach ausgesehen hatte …

Auch Vater machte sich so seine Gedanken. Wie sich jetzt alles entwickelte, war er schon sehr froh, dass er Manuel noch mal eine Chance gegeben hatte, als es hart auf hart gegangen war.

«Ganz in der Nähe meines neuen Wohnorts», erzählte Manuel, «lebt auch mein Vater. Wer weiß, vielleicht sehen wir uns dann doch ein bisschen öfter.»

«Das wäre schön», murmelte Debora. Trotzdem wurde sie ganz traurig, als ihr klar wurde, dass Manuel nur noch ein paar Tage auf dem Kaminski-Hof bleiben und dann ziemlich weit weg ziehen würde.

Er spürte, was in ihr vorging, und schaute die Eltern fragend an. «Darf ich rasch mit Debi rausgehen? Wir sind gleich wieder da.»

Vater nickte. «Ist schon okay.»

Debora stand auf und folgte Manuel in die Diele hinaus. Dort legte er den Finger unter ihr Kinn und hob ihr Gesicht sanft an. «Hey, Kopf hoch!», flüsterte er. «Ich werde dich besuchen. Die Wochenenden hab ich ja meistens frei, und wir können uns so oft treffen, wie du willst! Wenn deine Eltern es erlauben …»

Ihre Miene hellte sich auf. «Sie werden's bestimmt erlauben. Du bist ja dann nicht mehr unser Pflegejunge, es spricht also nichts dagegen.»

Er sah sie aus seinen dunklen Mandelaugen fragend an. «Und … Debi … möchtest du überhaupt, dass wir beide zusammenbleiben?»

Ein Strahlen breitete sich über ihr ganzes Gesicht aus. «Klar möchte ich das!»

Er holte ein winziges Kästchen heraus und hielt es ihr hin. «Hier, für dich.»

Überrascht sah sie ihn an. «Für mich?»

Ihre Wangen färbten sich rötlich, als sie das Geschenk ihres Freundes öffnete.

Es war ein goldenes Kettchen mit einem zierlichen Goldkreuzchen als Anhänger.

Sie blickte Manuel stumm an. Ihr fehlten die Worte vor Rührung.

Da beugte er sich vor und gab ihr zärtlich einen Kuss auf die Wange.

Während er ihr das Kettchen um den Hals legte und es in ihrem Nacken schloss, durchströmte sie ein wohlig warmes Gefühl. Wenn sie beide es wollten, da war sie sich ganz sicher, würden sie unzertrennliche Freunde bleiben. Unzertrennlich. Da konnte auch die größte Entfernung zwischen ihnen nichts ausrichten.

Als die zwei dann zurück in die Küche traten, musterten Simon und Raffi sie gespannt. Und Opa hatte wieder mal sein geheimnisvolles Lächeln im Gesicht.

Beim Hinsetzen streifte Manuel wie zufällig Deboras Arm, und sie schaute ihn verliebt an.

«Wou-wou-wou», kicherte Raffi. «Hier funkt's aber ganz schön gewaltig! Da müssen wir ja direkt aufpassen, dass wir vom Funkengestöber nicht getroffen werden!» Mit einem schalkhaften Lächeln duckte sie sich unter den Tisch und verschanzte sich in der Tiefe. «Alle Mann in Deckung!»

Während Debora schmunzelnd mit den Augen rollte, drückte Silvia lachend Opas Kopf leicht nach unten.

Simon grinste: «Kannst wieder rauskommen, Raffi, die Gefahr ist gebannt. Es gibt gleich Nachtisch …»

«Echt?» Neugierig streckte die Kleine den Kopf hervor. «Nachtisch?» Genießerisch leckte sie sich über die Lippen. «Das ist ja klasse, Mann!»

ENDE

HAT DIR DAS BUCH GEFALLEN?

SCHREIBE UNS!

Wir freuen uns immer riesig über Post von Leserinnen und Lesern! Wenn Dir die Kaminski-Kids gefallen oder wenn Du einen Vorschlag, eine Frage oder sonst eine Rückmeldung hast, dann zögere nicht, uns zu schreiben! Sende uns Deine Zeilen

PER E-MAIL AN

fanclub@kaminski-kids.com

ODER AN

Die Kaminski-Kids
c/o Fontis-Verlag Basel
Steinentorstr. 23
CH-4051 Basel

Wir freuen uns, von dir zu hören!

Die Kaminski-Kids

Name: Simon Kaminski
Haarfarbe: Blond
Augenfarbe: Grünbraun
Hobbys: Fußball spielen, im Wald herumstrolchen, Bike fahren, Snowboarden
Lieblingsessen: Hühnchen mit Pommes
Liebstes Schulfach: Sport

Name: Debora Kaminski
Haarfarbe: Blond
Augenfarbe: Braun
Hobbys: Pferde (vor allem mein Pflegepferd Fanny), Lesen
Lieblingsessen: Pommes
Liebstes Schulfach: Musik

Name: Raffi Kaminski
Haarfarbe: Braun
Augenfarbe: Braun
Hobbys: Verstecken und Fangen spielen, Gitarre spielen – und natürlich unser Hund Zwockel
Lieblingsessen: Pizza Hawaii (mit viel Ananas!)
Liebstes Schulfach: Malen

Name: Zwockel (Mischung aus Jockel und Zwerg)
Haarfarbe: Braunes, wuscheliges Fell
Augenfarbe: Braun
Erkennungsmerkmal: Weißer Fleck auf der Stirn
Lieblingsessen: Hundekekse
Eigenschaften: Gute Spürnase, die Kids können sich immer auf ihn verlassen – auch wenn's mal wieder ganz schön brenzlig wird!

KAMINSKI-KIDS

DIE BÜCHER

Band 1

Band 2

Band 3

Band 4

Band 5

Band 6

Band 7

Band 8

Band 9

Band 10

Band 11

Band 12

Band 13

Band 14

Band 15

Band 16

Band 17

Band 18

20 JAHRE KAMINSKI-KIDS

DER JUBILÄUMSBAND

Der Jubiläumsband zur Feier des runden «Kaminski-Kids»-Geburtstags von 2019! – Auf dem Luxusdeck der Königin der Meere, dem Kreuzfahrtschiff «Ocean Queen», verschwindet eine wertvolle Perlenkette. Das Schiff wird zum Tatort. Doch wer ist der Täter? Die Kids gehen zusammen mit ihrem Collie Zwockel dem mysteriösen Fall nach …

Bestell-Nr. 204165 / ISBN 978-3-03848-165-2

KAMINSKI-KIDS

WEIHNACHTS-FALL N°1

Das große Weihnachts-Musical droht ins Wasser zu fallen – die Aula wurde zerstört. Wer steckt dahinter? Der Verdacht fällt auf den Pflegejungen der Kaminskis. Werden es die Kids im Lichterglanz des weihnachtlich verschneiten Dorfes schaffen, seine Unschuld zu beweisen und den wahren Täter zu finden?

Bestell-Nr. 204184 / ISBN 978-3-03848-184-3

WEIHNACHTS-FALL N° 2

Die Kids machen bei einer Hilfsaktion mit und schnüren Weihnachts-Pakete für Osteuropa. Raffi packt versehentlich etwas ein, das für Opa Kaminski große Bedeutung hat. Aber wo ist das fragliche Päckchen im Moment? Auf dem Weg zum Paketverteilzentrum in der Stadt, zusammen mit hunderttausend anderen Paketen ...

Bestell-Nr. 204065 / ISBN 978-3-03848-065-5

DIE KAMINSKI-KIDS

„Live"

DER AUTOR STEHT GERNE FÜR LESUNGEN ZUR VERFÜGUNG

ABWECHSLUNGSREICHE, SPANNENDE LESUNGEN MIT VIDEOS, FRAGERUNDE UND ÜBERRASCHUNGEN! VOR ORT ODER ONLINE.

In Schulen, Bibliotheken, Buchhandlungen ...

Lesungen und Schreibworkshops für die 1.–6. Klasse mit den Kaminski-Kids und für die Oberstufe mit «Paradise Valley». Carlo Meier wurde bislang zu Lesungen vor rund 100 000 Besuchern und in weit über 2000 Schulklassen von Hamburg bis Gstaad eingeladen.

INFOS AUF WWW.KAMINSKI-KIDS.COM